Rainer Wieczorek
Tuba-Novelle

Rainer Wieczorek

Tuba-Novelle

Dittrich Verlag

Mit freundlicher Unterstützung des Darmstädter
Förderkreises Kultur e.V. und der Kulturfreunde
Darmstadt

Darmstädter **Förderkreis** Kultur e.V.

Bibliografische Information der Deutschen
Bibliothek
Die Deutsche Bibliothek verzeichnet diese
Publikation in der Deutschen Nationalbibliografie;
detaillierte bibliografische Daten sind im Internet
über <http://dnb.ddb.de> abrufbar.

ISBN 978-3-937717-41-8

Lektorat: Marita Gleiss
Umschlaggestaltung: Guido Klütsch

www.dittrich-verlag.de

Musik ist Erinnerung.
Wolfram Knauer

I

Aussichten

Nicht stören! – Er schreibt.

Den Anfang hat er schon: *Mit dem Erbteil seiner Mutter lässt Samuel Beckett 1953 ein Haus errichten, ein kleines, schlichtes Haus mit grauem Schieferdach und zwei schmalen Schornsteinen: zwei Zimmer, Küche, Bad.*

Er streicht den Satz durch und beginnt von vorn: *In einem abgelegenen Feld auf einer Anhöhe hinter dem Ort Meaux, etwa 50 Kilometer von Paris entfernt, bezieht Samuel Beckett im Jahre 1953* – er unterbricht den Satz und blickt am ausgeschalteten Monitor vorbei auf die Felder von Meaux ... dann notiert er in Großbuchstaben den Titel seines Essays: *Samuel Beckett in Ussy-sur-Marne.*

Der Anfang eines Essays muss stimmen, denkt er. Wenn der Anfang nicht stimmt, wird man im Folgenden stets auszugleichen haben; ein Haus, dessen Fundament gut liegt, wird niemals – er verschließt seinen Füller und steht auf.

Sein Arbeitszimmer liegt im Souterrain verborgen, und wenn er jetzt aus einem der beiden hochgelegenen Fenster sieht, blickt er auf die Grasnarbe einer breit angelegten Rasenfläche.

Schöne Aussicht, denkt er, als sein Blick auf die winterlichen Rosen- und Staudenbeete fällt, die den Rasen einrahmen; im Hintergrund ein grüner Lattenzaun, dann die kleine Straße, an deren gegenüberliegender Seite ein altes, gelbgetünchtes Haus steht, vermutlich unbewohnt.

Neun Monate sind ihm zugesichert worden; um weitere drei kann das Stipendium verlängert werden, wenn die bis dahin vorliegende Arbeit »einen Abschluss in diesem Zeitraum wahrscheinlich erscheinen lässt.«

Maulwurfshügel gibt es derzeit keine; Beckett hatte es in Ussy ständig mit Maulwürfen zu tun: nach zehn Jahren war sein Garten so weit umgegraben, dass er sich aus den USA einen Kanister Maulwurfgift kommen ließ. Als Absender-Adresse gab er in dieser Zeit zumeist *Ussy-sur-taupes* [über den Maulwürfen] an.

Ussy war Becketts Rückzugsgebiet, sein Schreibort und, nachdem seine Lebensgefährtin und spätere Ehefrau Suzanne ab Ende 1957 dieses Haus nur noch selten betrat, ein Ort der Einsamkeit und des Sich-selbst-ausgeliefert-Seins.

Freilich gab es noch eine gemeinsame Wohnung – in Paris –, jedoch begannen sich nach dem Erfolg von *Warten auf Godot* im Jahre 1953 viele alte Bekannte des guten Freundes zu erinnern, wenn sie in der Metropole weilten, und da es nicht viel Überredungskunst erforderte, einen Iren wie Samuel Beckett zu einer abendlichen Zecherei zu entführen, kam er in Paris bald gar nicht mehr zum Schreiben, sondern beschränkte sich auf Geschäftliches oder die morgendliche Besänftigung der verärgerten Suzanne und floh nach Ussy, wann immer es die Gegebenheiten erlaubten.

Ich sehe ihn an seinem Schreibtisch mit Eichenholzplatte sitzen: ein Arbeitslicht, ein Stuhl, ein Papierkorb; eine schmale Handbibliothek auf drei weißfurnierten Regalplatten.

Dieser Zurückgenommenheit, an der auch ein in den folgenden Jahren allmählich einsetzender Geldsegen nichts ändern wird, gilt es in diesem Essay zu folgen.

Dieses Wenige begreifen heißt Beckett begreifen, schreibt er in sein Notizbuch. Er hält seinen Füller gegen das Licht der Arbeitslampe und kontrolliert gedankenverloren den Tintenvorrat: neun Monate schreiben, verwerfen, Tinte nachfüllen, weiterschreiben. Eintippen, umbenennen, immer wieder ausdünnen, karger werden, *bis alles nur noch Erinnerung ist und bald schon – vergessen.*

Manchmal schreibt er Sätze in sein Notizbuch, bei denen er deutlich fühlt, dass sie Becketts Spur folgen, ohne dies sofort belegen zu können. Das war vielleicht die Kunst des echten Essayisten: einen Tatbestand genauer erfassen zu können, als der Verstand es tat.

Er strich das Wort vergessen, vergessen war vielleicht zu viel. Beckett legte jedes Wort auf die Goldwaage, für ihn zählte jede Nuance im Geplauder seiner Theaterfiguren. Wie viele Fassungen hatte allein das *Endspiel* erfahren? Nach der Fertigstellung des Stückes begann die Tüftelei an den Übersetzungen: Bis das Alter es nicht mehr zuließ, revidierte Beckett Text und Diktion einzelner Passagen; die Zahl der Schauspieler, die den Beckett'schen Vorstellungen von Genauigkeit nicht gewachsen waren, ist beachtlich.

Neun Monate Beckett studieren – das war etwas! Neun Monate nicht ununterbrochen in Anspruch genommen zu werden, sich nicht mit allem und jedem auseinandersetzen zu müssen, um sich stattdessen ganz auf ein Thema ausrichten zu können, ein einziges, nebensächliches, vielleicht ganz und gar belangloses Thema – allein der Gedanke daran hatte etwas Erholsames.

Ussy war bestimmt kein reines Vergnügen für Beckett: tagelang, wochenlang mit einer Arbeit nicht weiterzukommen, vor einer Textruine zu sitzen, immer tiefer in Depression zu versinken...

Aber manchmal, wenn alles so schnell ging! *Das letzte Band* war 1958 in wenigen Februar-Wochen verfasst worden! Wer das kann...

BECKETT IN USSY. Dieser kürzere Titel war vielleicht der bessere, kargere. Aber würde dieser Titel jemals gesetzt werden?, fragte er sich. Das Kunstessay hatte sich vom Markt so gut wie verabschiedet, die Frankfurter Universitätsbibliothek versammelte bereits eine zweistellige Meterzahl an Buchrücken zum Thema Beckett, jeder Verleger, dem er ein Essay unter diesem Titel anböte, musste dies unmittelbar als Drohung empfinden... andererseits: Wollte man neuerdings den Markt darüber entscheiden lassen, was am Schreibtisch auszufechten war? War nicht längst der Markt zum Fürst unserer Tage geworden, dem alles diente, auf den sich jeder berief? Sich nicht an ihm zu orientieren, das Zentrum seines Handelns nicht an seinen Interessen auszurichten, hieß für einen Künstler oder Geisteswissenschaftler nichts anderes, als die völlige Abkopplung des öffentlichen Diskurses von seinem Werk vorzubereiten, zukünftig zwei Welten bestehen zu lassen, die sich unabhängig voneinander formten – und das, dachte er, während er über die Grasnarbe hinweg auf Ussy blickte, war vielleicht gar nicht so falsch. Vielleicht war dies Becketts ursprüngliches Projekt, an dessen Vollendung er durch den unerwarteten Erfolg von *Warten auf Godot* gehindert wurde!

Als die amerikanische Premiere von *Godot* am 3. Januar 1956 zu einem großen Misserfolg gerät, tröstet Beckett den Regisseur in einem Brief:

»Erfolg und Scheitern in der Öffentlichkeit haben mich nie sehr berührt; mit letzterem bin ich eigentlich viel eher vertraut und habe mein Schreibleben lang bis ins vorvorige Jahr tief dessen belebende Luft eingeatmet. Und ich kann nicht anders, als den Erfolg des Godot zum sehr großen Teil für das Ergebnis eines Missverständnisses zu halten, oder verschiedener Missverständnisse, und Sie haben vielleicht besser als sonst jemand seine wahre Natur konstatiert. [...] Unsere Unterhaltungen haben Sie wahrscheinlich in Ihrer Aversion gegen Halbheiten und Kinkerlitzchen bestärkt, d.h. gegen genau die Dinge, die sich 90 % der Theaterbesucher wünschen.«

Er strich sich die Stelle dick an: Die musste zitiert werden. Der Welterfolg von *Warten auf Godot* verdankte sich ja nicht dem Stück selbst – es stand nach der siebten Aufführung auf einer kleinen Pariser Bühne unmittelbar vor der Absetzung, da das Publikum zunehmend ausblieb. Erst als eine Journalistin einige krakeelende Zuschauer zu einem »Theaterskandal« verdichtete, begann das Stück Publikum zu ziehen, weitere Bühnen wurden aufmerksam. Was also wäre, schrieb er in sein Notizbuch, aus dem meistgespielten Stück der Nachkriegsmoderne geworden, hätten diese Zuschauer an diesem Abend nicht so schlechte Manieren an den Tag gelegt?

Von dieser Frage bewegt, legte er den Füller weg: Die Mittagszeit war gekommen, und die Erfahrung lehrte, dass nachmittags alle kreative Arbeit zu ruhen hatte, das hatte sich im Lauf seiner Schreibpraxis zum Ideal herausgebildet: vormittags schreiben, nachmittags Familie, der Abend konnte je nach Situation dem Beisammensein oder ruhiger, absichtsloser Lektüre gewidmet werden, bei der allenfalls Notizen vorgenommen werden durften. Alle Zuwiderhandlungen gegen diese Schreib- und Lebensrituale waren Mal um

Mal bestraft worden, und wenn sich jemand, der womöglich für die Schublade schrieb, etwas nicht leisten konnte, dann schlechte Ergebnisse!

Neben Maulwürfen gab es Krähen in Ussy, auch Nachtigallen waren manchmal zu hören. Ganz gelegentlich kam Suzanne mit Beckett, berichtet Biograph *James Knowlson*, »aber meist blieb er dort allein, schluckte abends seine Spargel mit Bratkartoffeln hinunter, trank einen halben Liter gros bleu, nahm anschließend ein Bad und ging zu Bett.«

1989, in seinem letzten Lebensjahr – bald würde Suzanne sterben und Beckett würde sie nur um wenige Monate überleben – fährt der Arzt des Pflegeheims, in dem der Schriftsteller und Nobelpreisträger jetzt allein in einem kargen Zimmer wohnt, seinen Patienten noch einmal nach Ussy. Beckett wird an diesem Tag dem Garten und den Maulwürfen einen langen Blick widmen, bevor er seinen zugeschraubten Füllhalter auf die Arbeitsplatte des Schreibtisches legt.

Das Spanische Haus

Die beiden hochgelegenen Fenster des Souterrain-Zimmers glichen dem Bühnenbild von Becketts *Endspiel,* nur brauchte es keine Leiter, um über die Grasnarbe hinweg auf das gelbgetünchte Haus sehen zu können, das *Spanische Haus,* wie man es in der Nachbarschaft nannte, seiner maurischen Giebelformen wegen, die ein andalusisches Refugium hätten zieren können. Alle Häuser der Straße hatten sich nach dem rigiden Bebauungsplan, der für diese Siedlung galt, zu richten gehabt, das Spanische Haus aber konnte auf das Recht des Älteren pochen und sich aller Reglementierungswut entgegenstellen. Niemand wusste präzis zu sagen, welchem Umstand die maurischen Bauformen geschuldet waren; fest stand, dass es seit 1989 mehrfach den Besitzer gewechselt hatte, alles andere als gut erhalten, aber eben auch noch nicht verfallen war. Jedenfalls waren, was die Zukunft des Gebäudes betraf, schon mehr Pläne geschmiedet als Handwerker gesichtet worden, »der Denkmalschutz!« raunten die Nachbarn, ohne je benennen zu können, was es damit auf sich hatte. Ob das Haus aktuell bewohnt war oder ob nur

gelegentlich ein Fremder nach dem Rechten sah
– niemand wusste es zu sagen.

Die anderen Häuser der Straße waren weiß ge-
strichen. Nie wäre es den Bewohnern dieser Häuser mit ihren kleinen Unterschieden und großen
Gemeinsamkeiten in den Sinn gekommen, durch
ihr Haus in Form gepresst, endgültig zu jenen
Durchschnittsmenschen geformt werden zu können, die solcher Siedlungsbau verlangte.

Man muss im Fremden wohnen lernen, dachte
er.

Das Haus in Ussy war ein Neutrum. Beckett schien
ein Gefühl dafür gehabt zu haben, was ein Gebäu-
de, ein Interieur aus einem Menschen machen
konnte: Eine bequeme Couch etwa gab es weder
in seiner Pariser Wohnung noch auf seinem Land-
sitz; unprätentiöser als in Ussy ließ sich ein Haus
nicht bauen – allein, dass es in Frankreich stand,
und dass ein Ire darin lebte.

Die Störung

Am Vorabend hatte er *Becketts Freundschaft* von André Bernold gelesen und war von den Fotografien John Minihans beeindruckt worden.

Jetzt betrachtet er die Bilder in Knowlsons wunderbarer Beckett-Biographie und ist bald wieder in die Lektüre versunken:

»Als er das Grundstück, auf dem er dann baute, von der Gemeinde Ussy erwarb, war man nicht willens gewesen, ihm einen fünfzehn Meter breiten Geländestreifen am Fuß des Anwesens zu verkaufen, weil er als Zugang zu einem kleinen Wasserwerk benötigt wurde. Jetzt, Anfang November 1954, hörte er aber ganz zufällig, daß nach dem Tod des früheren Bürgermeisters die Dorfverwaltung beschlossen hatte, das Stück Land einem Monsieur Horviller zu verkaufen, der dort eine Jagdhütte bauen wollte. Beckett war wütend; damit wäre ihm die Aussicht verdorben, seine Ruhe dahin, und das alles für die Jägerei, die ihm verhaßt war.«

Mit weichem Bleistift setzt er ein großes Ausrufezeichen an den Rand. Er geht sonst sehr sparsam um mit derartigen Markierungen: Sie manipulieren, perforieren und beschädigen oft den Blick einer zweiten, dritten, vierten Lektüre; aber dieses Ausrufezeichen gilt! Niemals hätte Beckett in Ussy-sur-Marne ein Haus erworben, um von seinem Anwesen auf die Jagdhütte eines gewissen Horviller zu blicken.

Beckett bittet seinen Verleger um Beistand: Jérôme Lindon aktiviert einen Rechtsanwalt, der weist die Gemeinde auf die Bedeutung Becketts und dessen patriotisches Wirken in der Résistance hin – im Dezember bietet Beckett dem Gemeinderat an, nach seinem Tod das betreffende Grundstück dem kleinen Ort als Geschenk zu überlassen …

Der Gemeinderat aber verkauft an Horviller mit der Auflage, die Hütte so zurückzuversetzen, dass Becketts Aussicht nicht eingeschränkt würde.

»Trotz dieses Zugeständnisses war Beckett über den Beschluß und seine Behandlung durch die Gemeinde von Grund auf verärgert und schwor, nie wieder einen Fuß in das Dorf zu setzen. Und sogar dann noch, als er, im Besitz eines Wagens, die Hütte als Garage benutzen durfte, kaufte er nie mehr in Ussy ein und frequentierte auch nicht wieder das Café-Tabac am Ort, sondern radelte lieber ›bergauf keuchend im ersten Gang, ohne abzusteigen‹, […] – nach Ferté-sous-Jouarre hinüber, dem nächstgrößeren Ort.«

Hier scheint sich alles zu verdichten! Das Beckett-Essay würde diese Szene in den Mittelpunkt aller Überlegungen zu stellen haben. Schau sie dir genau an, denkt er: Beckett stellt sein Gestört-Werden durch Horviller, die Missachtung seiner Wünsche, den mangelnden Respekt vor Person und Werk, wie er in der Entscheidung des Gemeinderats deutlich wird, unter Denkmalschutz. Selbst als Horvillers Hütte bereits Becketts altersschwachem 2 CV dient, ist damit nichts erledigt, nichts vergeben, und es wächst die Versuchung, notiert er – jetzt mit rotem Stift – den Denkmalschutz, unter dem dieses Gefühl der Störung, der Missachtung steht, einer älteren Szene zuzuordnen, die schutzloser war, in der es keinen Jérôme Lindon gab, keinen Rechtsanwalt, keine »patriotischen Verdienste«, sondern allenfalls ein Fahrrad, mit dem man keuchend kleine irische Hügel hochstrampeln konnte, um sich etwa ein paar Zigaretten zu besorgen.

Störungen. – Er schreibt das Wort auf ein DIN-A-3-Blatt und unterstreicht es mit einer Wellenlinie, um den Doppelcharakter des Begriffes zu markieren. Er zieht aus dem Regal eine Holzkiste, in der er Material zum Thema »Becketts Psychoanalyse, London 1933« sammelt, zieht ein Interview mit Becketts Analytiker, Dr. Wilfried Ruprecht Bion, heraus, in dem er nach kurzer Lektüre auf den Satz stößt: »Die Neurose schreibt nicht!« Nur der gesunde Teil der Schriftstellerseele sei in der Lage, Literatur zu produzieren, die Kränkung mochte Gegenstand der literarischen Auseinandersetzung sein, federführend war sie nicht.

Er erhob sich von seinem Schreibtisch: In diesem Spannungsfeld zwischen Bions These und Becketts Störung durch Horviller würde er sein Essay anlegen, und es würde eine hochinteressante Schrift werden, die, im Falle des Gelingens, weit über Beckett hinauswiese, indem sie die Bedingungen künstlerischer Schaffensprozesse, menschlicher Widerstandsleistungen also, ausleuchten würde. War nicht die ganze Welt voller Horvillers? Samuel Becketts dagegen waren so wenige zu finden wie Iren in Ussy-sur-Marne.

1933. Beckett ist bitterarm zu dieser Zeit. Nach dem Tod seines Vaters betreut Beckett in Irland seine Mutter, mit der ihn ein spannungsreiches Verhältnis verbindet. Panikattacken, Herzrhythmusstörungen, nächtliche Schweißausbrüche und ein befreundeter Arzt bewegen ihn schließlich, nach London zu gehen, um sich einer Psychoanalyse zu unterziehen, die im katholischen Dublin zu dieser Zeit illegal ist. Das Geld für die Behandlung, die – drei Therapiestunden pro Woche – mit Unterbrechungen zwei Jahre währen wird, überweist aus Irland die Mutter.

Vielleicht war der frühe Anfangsentwurf vor diesem Hintergrund doch der bessere: *Mit dem Erbteil seiner Mutter lässt Samuel Beckett 1953 ein Haus errichten, ein kleines, schlichtes Haus mit grauem Schieferdach und zwei schmalen Schornsteinen: zwei Zimmer, Küche, Bad.*

Zum Beurteilen einer Frage von solcher Tragweite aber war seine Konzentration in diesem Moment zu sehr verbraucht: Sein Magen begann sich bemerkbar zu machen.

Er lüftete das Arbeitszimmer, verschloss nach einem Blick auf das gegenüberliegende Haus die Fenster wieder und stieg die kleine Treppe ins Erdgeschoss hinauf.

Am nächsten Morgen ging es frisch an das Verfassen der ersten Probeseiten. Dabei kam es weniger auf das Ausformulieren eines druckreifen Textes an, als vielmehr auf das Finden der richtigen Tonlage, des passenden Tempos. Schon setzte der Schreibprozess ein, die ersten ansprechenden Sätze standen schneller da als erwartet, und bald lagen zwei DIN-A-3-Seiten bereit, in den Computer eingetippt zu werden, wo der Text sicher noch oftmals verändert – ergänzt, gestrafft, verschoben – werden würde. Die Welt aber wurde in diesem Prozess unverrückbar seine: Das Arbeitszimmer schmiegte sich wie ein Kokon um ihn, die Bücher im Hintergrund bildeten eine abschirmende Wand, während der Lichtkegel der Schreibtischlampe sich ganz auf seinen Text ausrichtete. Mit seinem Füller konnte er nun überall hin, ohne selbst noch erreichbar, berührbar, verletzbar zu sein.

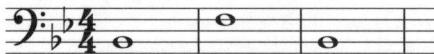

Eine Posaune? Nein, es waren tiefere, sanftere, grundlegendere Töne, die jetzt in sein Arbeitszimmer drangen. Er stand auf, öffnete das Fenster, öffnete beide Fenster und horchte.

Eine Tuba – eindeutig. Er schloss die Fenster wieder. Die Tuba war noch immer zu hören, etwas leiser, aber deutlich. Es war eine Eigenschaft tiefer Instrumente in einiger Entfernung deutlicher wahrnehmbar zu sein als am Instrument selbst, ein Physiker hatte ihm das erklärt: die Länge der Schallwellen –

Wieder öffnete er das Fenster. Es schien von der gegenüberliegenden Straße zu kommen; im ersten Stock des Spanischen Hauses waren die Fensterläden geöffnet, waren sie gestern geschlossen gewesen? – Er wusste es nicht zu sagen.

Die Naturtonreihe, sauber intoniert.

Er schloss das Fenster. – Wo war er stehengeblieben?

Die Naturtonreihe wurde jetzt staccato geübt.

Er dachte noch eine Weile an Horviller, die Jagdhütte und Becketts Zigarettenmarke; dann beschloss er es für heute gut sein zu lassen.

Jetzt waren es wieder lange, ausgehaltene Töne.

Das schriftstellerische Vorwärtskommen sei im Kern ein literarisches Problem, kein Resultat äußerer Bedingungen, notierte er am nächsten Morgen. Es hatte Autoren wie Döblin gegeben, die in der Straßenbahn schrieben und dabei eindrucksvolle Schilderungen des Großstadtlebens verfassten; da waren praktizierende Ärzte wie Benn oder Williams, die ihre Texte zwischen zwei Behandlungen im Arztzimmer verfassten, aber solche Schreiborte waren nicht jedermanns Sache, seine zumindest nicht. Dennoch war es der Stoff, es war die Form, es waren Idee, Diktion oder besser: das Zusammenspiel all dieser Faktoren, die das konzentrierte Fortschreiten eines Werkes bewirkten oder im anderen Fall das nervöse aber auch bereitwillige Eingehen eines Schriftstellers auf jedwede Störung. Auch unter diesem Aspekt musste Becketts Reaktion auf Horviller gesehen werden: Die Störung war das Gefürchtete und Gesuchte zu gleichen Teilen. Diese Spannung galt es auszuhalten, ob man Beckett hieß und in Ussy-sur-Marne schrieb oder William Carlos Williams und irgendwo in Amerika in einer Arztpraxis Gedichte verfasste, das *Pflaumengedicht* etwa.

Er ging zu seiner Bücherwand, suchte, fand und las das Gedicht halbleise.

Vom Garten her drangen die ersten ausgehaltenen Töne, dann Binde-Übungen mit den Naturtönen, schließlich Intervalle durch alle Tonarten: Quinten, Quarten, Oktaven. Er überlegte eine Weile, ob er gegen die Intervall-Übungen anschreiben wollte, aber er war nicht in Kampfstimmung: *Die Störung war das Gefürchtete und Gesuchte zu gleichen Teilen.* Das hatte er herausgearbeitet an diesem Vormittag. Darüber wollte er nun nachdenken.

So viel jedenfalls schien festzustehen: In das Spanische Haus war ein Tubist gezogen; ein Gast vielleicht, ein Mensch auf der Durchreise womöglich, der, dankbar für jede Übungsmöglichkeit auf seinem heiklen Instrument, mit einem Haus vorliebnahm, das als unbewohnt, wenn nicht als unbewohnbar galt. Vielleicht schlief er gar nicht dort, sondern trainierte nur seine Lippenmuskulatur, packte sein Instrument ein, schloss die Läden und ging? Vielleicht war er bereits unterwegs, weitergezogen mit seinem Bass, großen Konzertsälen entgegen, und alles war nur ein Intermezzo gewesen, bestens geeignet, ihm die Notwendigkeit eines ungestörten Arbeitstages darzulegen: dass es nicht nur darauf ankam, Störungen zu vermeiden, sondern bereits allen Anzeichen einer Störung, wie Horvillers Hütte sie ohne jeden

Zweifel darstellte, vorzubeugen. *Die Ungestörtheit musste garantiert sein, deswegen Ussy,* schrieb er in sein Notizbuch ...

... deswegen Ussy! Er hatte – eine Stunde früher als üblich – seine Arbeit wieder aufgenommen; die Läden am Spanischen Haus waren geschlossen. Eine Episode, dachte er und lächelte, eine Episode, die spätestens dann vergessen sein würde, wenn sein Essay einmal Fahrt aufgenommen hätte.

Das Motiv des gestörten Künstlers war zweifellos geeignet, Beckett von der Menscheninnenseite zu zeigen und von hier aus neue Fragen an das Œuvre zu entwickeln!

Er ging zur Bücherwand und nahm die alte *Godot*-Ausgabe heraus, die er sich als Schüler einmal für drei Mark geleistet hatte:

ESTRAGON Er sagte: Godot.
WLADIMIR Ach was!
ESTRAGON *zu Pozzo:* Mein Herr, sind Sie vielleicht Herr Godot?
POZZO *mit schrecklicher Stimme:* Ich bin Pozzo!

Und halb, weil ihn die Erinnerung beseelte, halb aus kindischem Vergnügen, schlug er beim Lesen mit der flachen Hand auf die Schreibtischplatte und brüllte, dass es die Nachbarn hören konnten, er sei Pozzo.

Über der wiederaufgeflammten Begeisterung seiner ersten Beckett-Lektüre war ihm entgangen, dass auf der gegenüberliegenden Straßenseite die Fensterläden geöffnet worden waren; nicht einmal die ersten langen Töne waren ihm ins Bewusstsein gedrungen. Allmählich aber musste er feststellen, dass auch ein rückhaltloses Vertiefen in den Text keinen Schutz vor der Unerbittlichkeit einer Tuba-Probe bieten konnte, denn so sehr er sich auch auf das Erscheinen des erblindeten Pozzos im zweiten Akt zu konzentrieren versuchte, begann er innerlich bereits den Aufbau einer Tuba-Probe zu analysieren:

1. Einblas-Übungen
   – lange, tiefe, ausgehaltene Töne
2. Naturtonreihen
   – gebunden und staccato, verschiedene Tempi
3. Intervall-Übungen

Waren es das letzte Mal vorwiegend Quarten und Quinten, so standen heute gewagtere Intervalle auf dem Programm: Nonen, Septimen.

Gegen solche Intervalle waren Becketts Werke machtlos, gegen Oktaven ließ sich – mit ein wenig Übung – vielleicht noch das ein oder andere denken, Septimen aber, Nonen gar, war ein Essayist hilflos ausgeliefert.

Im Grunde war gegen eine Tuba nichts zu sagen. Er hatte sich bei den sonntäglichen Promenadenkonzerten, zu denen er in früher Kindheit den Vater begleitete, während Mutter den Sonntagsbraten richtete, immer zu den Blechbläsern hingezogen gefühlt, wohlwissend, dass Vater Streicher war und abgesehen von Orgel und Glockenspiel nie etwas anderes gelten ließ als den Klang von Geige, Bratsche und Cello. Auf ihn aber, das Kind, hatten die goldenen Instrumente viel stärkeren Eindruck gemacht, so hatte er sonntags immer bei den Posaunen stehen wollen, deren Züge von Männern mit ernstem Blick, rotem Kopf und entschiedenen Bewegungen hin- und hergeschoben wurden, auch die Trompeten, die zumeist die Melodie vortrugen, gefielen ihm, aber mächtiger war doch die majestätische Tuba: Er erinnerte sich noch genau, zuerst war es ein großes, goldenes Instrument, später ein etwas kleiner wirkendes, silbernes.

Tubisten erreichten selten das Rentenalter, ein forderndes Instrument sei die Tuba, hatte sein Vater gleich zweimal gesagt, ein forderndes Instrument, und vermutlich war es einer jener seltsamen Zufälle, an die es ihm schwer fiel zu glauben, dass gerade jetzt, da er an seinen Vater dachte, über die Grasnarbe des Gartens hinweg das *Largo* der *Marcello-Sonate F-Dur,* die sein Vater so geliebt und immer wieder auf seinem *Landolfi*-Cello intoniert hatte, durch die geschlossenen Fenster drang.

Largo

Er schloss die Augen. Als wäre die Sonate für Tuba komponiert worden. Das Gekratze, das Geschabe, das dem Cello innezuwohnen schien, zumindest dem Landolfi-Cello seines Vaters, war wie weggeblasen.

Leise summte er mit.

Eine Tuba, das war etwas; von den hohen Instrumenten wurde man nervenkrank, aber ein derart fulminanter Bass – er streckte sein Kreuz durch auf seinem Schreibtischstuhl, wobei er eine imaginierte Tuba umschloss – drang über die Straße durch geschlossene Fenster, ohne nur einen Bruchteil seiner Würde, ja seiner Feierlichkeit zu verlieren.

Der Faden zu Horviller war abgerissen.

HORVILLER schrieb er am folgenden Morgen auf ein großes, weißes Blatt, und in seinem Notizbuch bemerkte er, dass ein Jagdgewehr schon ein anderes Instrument darstellte, als eine Tuba es war, und dabei kam ihm die Idee, dass Horviller in seiner Hütte vielleicht ein kleines Jagdhorn, ein Fürst-Pless-Horn womöglich, aufbewahrte, und er versuchte sich vorzustellen, wie der arbeitende Samuel Beckett auf die Tonbildungs-Übungen eines alternden Jägers reagierte ...

Er schmunzelte noch, als die langen Töne längst eingesetzt hatten und bald schon die ersten Naturtonreihen erklangen. Bei den Intervall-Übungen standen heute die kleine und die große Sekunde im Mittelpunkt, ein Gespann, das einen musikalischen Menschen nicht lange kalt lassen konnte, und bald schon waren die Buchstaben HORVILLER eingekreist, ein zweites Mal eingekreist, ein drittes und ein viertes Mal. Dann schien Pause zu sein.

Fortschritte

Man musste sich völlig auf Horviller konzentrieren, um zu Beckett vordringen zu können! Ein völlig aufrichtiger Schriftsteller musste sein Essay HORVILLER nennen, HORVILLER IN USSY, aber dann wäre es endgültig unverkäuflich, denn wer interessierte sich für den Besitzer einer Jagdhütte? Selbst für hochklassige Buchhändler oder Bibliothekare bliebe sein Werk dann hoffnungslos unauffindbar, denn wer brächte den Namen Horviller schon mit dem aktuellen Stand der Beckett-Forschung in Zusammenhang? Und während er das dachte, setzten die tiefen Töne wieder ein, und sein Blick schweifte, abgelenkt vom Eigentlichen, die Wände seines Arbeitszimmers entlang.

Man kann hier weggehen, notierte er in sein Ideenbüchlein – ein stiller, ungestörter Raum würde sich schon finden lassen –, aber bereits bei der Niederschrift dieses Gedankens hielt er inne.

Dieser Raum im Souterrain mit den beiden hochgesetzten Fenstern war das Zimmer, in dem sein geplantes Werk entstehen konnte oder – er räusperte sich.

Von drüben erklang etwas, das er gestern schon – noch halb unbewusst – wahrgenommen hatte: Tonleiter-Etüden. Waren es gestern geläufigere Tonleitern gewesen, so standen heute Tonarten auf dem Programm, die auch dem geübten Spieler Mühe bereiteten: immer wieder stockte die Tuba, wurden Passagen langsam wiederholt; allmählich aber wurde der Vortrag flüssiger, man kam voran im Spanischen Haus.

Spielräume

Er war nicht gegen das Tuba-Spiel, vielmehr war es ihm unmittelbar einsichtig, dass ein solches Instrument morgens geübt werden musste, wenn Geist und Körper frisch sind.

Er war für eine Welt der Musik, guter Musik, und um diese gute Musik spielen zu können, musste geübt werden dürfen, auch staccato.

Er war für eine Welt der Malerei, des Tanzes und der Architektur, eine gestaltete Welt sollte es sein, eine geistvoll, sinnvoll gestaltete.

Und seine Horviller-Beckett-Studie sollte ein Beitrag zu dieser Welt werden, indem er erläuterte, wie Kunst entstand oder – wie sie eben nicht entstand...

Um diese Studie aber entschieden beginnen zu können, brauchte auch er die Frische und Konzentration des Vormittags. War das weniger einsichtig?

Vor seinem Schreibtisch sitzend fiel ihm ein, wie der Vater gelegentlich das Landolfi-Cello traktierte, während das Kind noch an den Hausaufgaben saß. Freilich waren die unvollendeten Hausaufgaben damals leichter zu ertragen als das tägliche Nicht-anfangen-Können dieser Vormittage.

Am Abend entdeckte er eine schöne Schallplatte, die Vertonung eines Gedichtes von Paul Celan:

BEI WEIN UND VERLORENHEIT, bei
beider Neige:

ich ritt durch den Schnee, hörst du,
ich ritt Gott in die Ferne – die Nähe, er sang,
es war
unser letzter Ritt über
die Menschen-Hürden.

Das Gedicht ging noch weiter. Für Altstimme, Viola und Klavier. Gutes Gedicht, dachte er. Gute Musik.

Am nächsten Morgen stand er anderthalb Stunden früher auf als gewohnt. Diese Uhrzeiten waren sonst nicht sein Fall, aber unter den gegebenen Bedingungen musste experimentiert werden, und vielleicht erwiesen sich die Stunden, bevor im Spanischen Haus die Fensterläden geöffnet wurden, bald als einziger Spielraum, der ihm blieb.

Largo

Nach Phasen intensiver Übung extremer Intervalle, nach der Konzentration auf Laut-leise-Kontraste, auf schnelle Tonfolgen in selten verwendeten Tonarten folgte die Arbeit an der Marcello-Sonate.

Waren in den vergangenen Wochen das Largo und der darauffolgende schnelle Satz Gegenstand musikalischer Ausarbeitung gewesen, zeigte die Tuba bei dem nun folgenden Largo, das wohl als Höhepunkt der Sonate gelten konnte, seine Dominanz gegenüber dem Landolfi-Cello.

Hatte er sich beim Allegro noch über die Wendigkeit der Tuba gewundert, die ihn an die erstaunliche Beweglichkeit vieler dicker Menschen denken ließ, so staunte er jetzt über die Mächtigkeit, die Gravität, die eine Tuba diesen Viertelnoten verlieh!

Je öfter er dieses Largo in der folgenden Zeit hörte, desto entschiedener war er der Ansicht, dass Marcellos F-Dur-Sonate eine Tuba-Sonate war, und dass sie nur deshalb nicht als solche ausgewiesen wurde, weil man zu Marcellos Zeit die Instrumentierung nach Möglichkeit offen ließ und die Tuba noch gar nicht erfunden war.

Wie es Kinder gab, auf deren Wesen die Eltern niemals aufmerksam geworden waren, so gab es Sonaten, die auf das geeignete Instrument ihrer Wiedergabe noch Jahrhunderte warten mussten; er durfte von Glück reden, Zeuge eines solch späten Findungsprozesses werden zu dürfen!

Freilich – der Preis, den er für solches Glück bezahlte, war hoch.

Aber war Geduld nicht eine der wichtigsten künstlerischen und geisteswissenschaftlichen Tugenden? War der Geduld nicht sogar der Vorzug vor dem Talent zu geben? Mit Talent ließ sich dies und das erreichen, Talent hatte sein Vater auch, aber nur die Geduld – er warf einen kurzen Blick aus dem Fenster – ermöglichte die Ausbildung eines Stiles, die Ausleuchtung einer Problemkonstante, das Verfassen eines Werkes! Und das war es doch, wofür wir angetreten waren, wozu wir unsere Vormittagsstunden –

Er stand auf und holte ein altes Fotoalbum aus dem Regal.

Hier: Vater am Cello! (Er soll in die Kamera lächeln, muss aber auf die Noten gucken – ohne

Noten konnte er keine zwei Töne spielen, daher der untypische Gesichtsausdruck).

Und hier: Vater in der Hugenottenkirche, am Manual des Glockenspiels!

Der kleine Raum, in dem der Vater das große Glockenspiel in der Kirchenkuppel bedient, gleicht der Kabine eines Leuchtturmwärters: graues Holz, alte Dielen, durch die gelegentlich der Wind pfeift. Vater hat die Schuhe ausgezogen, damit seine Schuhsohlen nicht die Pedale, mit denen die tiefen Glocken zum Klingen gebracht werden, zerkratzen könnten, er blickt hochkonzentriert auf seine Noten, kein verunglücktes Lächeln ist ihm abzugewinnen beim Spiel über der Stadt. Mit der Handkante haut er sanft, aber nicht zu sanft auf die chromatisch angeordneten Rundholzstäbe, mit denen er die höheren Glocken betätigen kann. Was spielt er? *Oh Haupt voll Blut und Wunden? Lamm Gottes unschuldig?* Den Leuten, die unten durch die Straßen eilen, wird es gleichgültig sein, sie vermuten womöglich, ein Glockenspiel funktioniere automatisch, nur weil sie den Vater nicht sehen!

Er hält das Foto gegen das Licht. Zu besonderen Ereignissen, einem Kirchenjubiläum etwa, durfte man das Glockenspiel besichtigen, der Vater machte dann eine Führung, es durften aber immer nur zwei Personen mit nach oben, mehr Menschen fanden dort keinen Platz; er selbst ist als Kind zweimal da oben gewesen, durfte aber nie eine der Glocken anschlagen. Er erinnerte sich noch gut an das fahle Raumlicht und das graue Holz der Kabine, nur auf die Noten fiel warmes Licht, man konnte den Wind hören. Keinen einzigen Probier-Ton durfte man mit dem Glockenspiel erzeugen, auch als Sohn des Glockenspielers nicht.

Ein Glockenspiel erforderte nach Meinung des Vaters offensichtlich Diskretion. Nicht einmal geübt werden durfte auf dem Instrument! Eine schwierige Passage allmählich das Tempo forcierend einzustudieren, komplizierte Stellen zu wiederholen, war dem Vater so wenig vorstellbar, wie mit dem werktäglichen Glockenspiel gelegentlich eine Viertelstunde früher oder später einzusetzen.

Hegte der Vater ernsthaft die Vorstellung, das städtische Zeitempfinden werde durch sein Spiel organisiert?

Die Kuppel der Hugenottenkirche war das Ussy meines Vaters, dachte er und sah, wie die Fenster des Spanischen Hauses geschlossen wurden.

Rotwild, Motorboote

Musikalische Gründe konnten es nicht gewesen sein, die seinen Vater über zwei Jahrzehnte hinweg jeden Werktag ohne Bezahlung die grauen Stiegen hinauftrieben: Ein Glockenspiel klingt verstimmt, sobald die Tonlage gewechselt wird. Die Töne verschwimmen ineinander, auch solche, die keinesfalls verschwimmen dürfen; die Menschen, die es hören, freuen sich vielleicht über den bevorstehenden Feierabend, sie freuen sich, wenn sie in dem dargebotenen Klangbrei eine Kirchenmelodie entdecken, aber wurde je ein Mensch von einem Glockenspiel musikalisch ergriffen?

Dagegen: Hatte man bei der Tuba je zwei Töne ineinander verschwimmen hören?
Ein diskretes Instrument war sie ebenfalls nicht, aber sie ließ sich mit Genuss hören, selbst hier, wo sie störte.

Und während im gegenüberliegenden Haus bereits die Sforzato-Übungen begannen – kurze, explosionsartig einsetzende Töne, die blitzartig leise wurden – notierte er auf einem großen Blatt, welche Werke Beckett in Ussy in der Ära Horviller verfasst hatte: *Endspiel,* überlegte er, falls das nicht schon fertig war, *Das letzte Band*: Horviller, *Glückliche Tage*: Horviller, *Kommen und Gehen*: Musste er fortfahren?

Der Schreibende, wenn er etwas taugte, musste sein Werk gegen alle Störungen durchsetzen können. So hatte Peter Weiss *Die Ästhetik des Widerstands* gegen Motorboote, die vor dem Fenster seines Arbeitszimmers Wettrennen fuhren, verfasst! Was waren, so war zu fragen, Sforzato-Übungen gegen die Schüsse eines Jagdgewehrs, Tuba-Sonaten gegen das Aufheulen von Bootsmotoren?

Wie oft war Beckett zusammengezuckt, wenn sich Rotwild vor Horvillers Hochsitz zeigte! Sicher wird er manches Mal den Faden verloren haben – aber vielleicht war es gerade dieser Umstand, der dazu führte, dass Krapp das letzte Band mehrfach zurückspulen musste und sich die Zeitebenen so köstlich zu überlagern begannen ...

Es galt die Störungen einzubauen in das Werk, es war die Außenwelt, die hier Signale setzte. Durfte sie das nicht? Er blickte durch das hochstehende Fenster zum Gartenzaun hinüber.

»Los jetzt!«, sagte er entschieden und legte sich einen Stapel weißes Papier auf den Schreibtisch.

Das ließ man sich im Spanischen Haus nicht zweimal sagen.

Kassel

Es war Frühling geworden. Die blühende Zaubernuss, Winter-Jasmin und Krokusse waren den ersten Tulpen gewichen. Die Marcello-Sonate wurde jetzt mit einer Präzision und Geläufigkeit gespielt, die man der Tuba üblicherweise nicht zutraute, er jedenfalls hatte sie immer, ohne sich dessen bewusst zu sein, für ein minderbemitteltes Instrument gehalten, eine Einschätzung, die er nun ausdrücklich revidiere. Zu den Tonleiter-Übungen, dem Training der Lippenmuskulatur, der unterschiedlichen Artikulationsweisen, der Arbeit an der Marcello-Sonate war nun das Einüben einer zeitgenössischen Komposition gekommen, deren Komponist ihm unbekannt war. Seiner Einschätzung nach handelte es sich um ein Duo, da die Tuba manchmal mehrtaktige Pausen machte, um auf musikalische Fragen zu antworten, die, in Ermangelung eines zweiten Spielers, gar nicht gestellt worden waren.

Er konnte nicht sagen, dass dieses Wechselspiel von unvermuteten Pausen und ebenso unvermuteten Einsätzen sich wohltuend auf seine Arbeit auswirkte, wollte freilich auch nicht behaupten, dass es im Verhältnis zur Marcello-Sonate eine arge Beeinträchtigung darstellte. Er hatte – drei Monate waren bereits vergangen! – noch kein einziges Kapitel verfasst. Es hatte Schreibversuche gegeben, das schon, aber sie waren wieder und wieder abgebrochen worden, weil der Text stilistisch nichts taugte oder keine Perspektiven eröffnete: Zumeist war beides der Fall.

Oft hatte er an seinen Vater gedacht an diesen Schreibvormittagen, an denen nicht geschrieben werden konnte. Das mochte an der Musik liegen. Er hatte sich seinen Vater vorzustellen versucht, wie er von der Kirchenkuppel Tag für Tag auf das zerstörte Kassel hinuntersah: die Trümmergrundstücke, die verwüsteten Freiflächen ...

Die Kinder wussten das zu schätzen, hier ließen sich noch Abenteuer erleben! Sein Vater aber – was dachte er beim Blick auf die zerstörte Stadt?

Beckett kannte noch das alte Kassel: Hier wohnte mit ihrer jüdischen und sehr kunstinteressierten Familie Peggy Sinclair, eine Cousine, in die sich Beckett als Zweiundzwanzigjähriger verliebt hatte. 1928 besuchte er sie zum ersten Mal, da gab es noch kein Glockenspiel. 1938 wurde ein kleines auf dem Rathaus installiert, das hielt nur fünf Jahre.

Auch die Hugenottenkirche hatte zu dieser Zeit nur noch fünf Jahre vor sich und brannte bei der großen Bombardierung 1943 völlig aus. Gleich nach dem Wiederaufbau begannen sich einflussreiche Gemeindemitglieder nach einem Glockenspiel zu sehnen, und bald schon spielte der Vater Weisen aus alter Zeit für eine Stadt, in der fast kein Stein auf dem anderen geblieben war. Es war grotesk, noch absurder jedoch war die Tatsache, einen Vater zu haben, den man hören, aber nicht sehen konnte, der auch, wenn er zu Hause war und etwa das Landolfi-Cello traktierte, immer nur gehört, nie gestört werden durfte.

Eine Krise ist kein Scheitern

Sein Stipendium lief ab, gewiss, aber sollte er sich durch das, was seine Arbeit unterstützen wollte, zusätzlich belasten? Waren seine Vormittage noch nicht unerträglich genug? Das wusste doch jeder, was das Wort Schreibhemmung für einen Autor bedeutete; da brauchte man nur den *Knowlson* zu lesen und sehen, wie der berühmte, so produktive Beckett von einer Deprimiertheit in die nächste stürzte, wenn es mal wieder nicht vorwärts ging. Von Beckett lernen, hieß warten lernen. Über Mangel an Musik brauchte er sich nicht zu beklagen und vielleicht kam bald der Tag, an dem alles ganz schnell gehen würde, weil der Hinterkopf weitergearbeitet hatte. Diesem Hinterkopf galt es nun ganz zu vertrauen, eine Krise war kein Scheitern.

Die Vorstellung, ein Arbeitstag müsse produktiv sein, war ohnehin eine bürgerliche Vorstellung, die wirkliches Vorankommen erschwerte, indem sie mit ihren in der Arbeitsgesellschaft entwickelten Imperativen Masse statt Klasse produzierte. Sich mit Beckett auseinanderzusetzen, hieß, das Wenige zu wagen, überflüssige Aktivität einzudämmen.

Er atmete durch. Jetzt ging es wieder.

Ausharren!

Ab und zu fiel ein Schuss. War das ein möglicher Anfang? Beckett in den Bergen, auf der Flucht vor den deutschen Häschern? Sollte er vielleicht die Situation schildern, die nach dem Verrat von Becketts Résistance-Zelle entstanden war und erzählen, wie Beckett und Suzanne nach ihrer Flucht vor der Gestapo in Roussillon d'Apt in den Bergen lebten: Beckett als Knecht eines Bauern? Entwürfe stammen aus dieser Zeit, aber kein Text entsteht. Wie ihm dann, 1945, zurückgekehrt nach Paris, als Ausländer die Ausweisung drohte, sodass er sich für den Sanitätsdienst im irischen Rotkreuz-Krankenhaus in Saint-Lô, in der Bretagne, entschied? Entwürfe, kein Text.

Eine packende Lektüre wäre dies gewiss, aber man konnte es auch im *Knowlson* nachlesen. In seinem Essay ging es jedoch um Beckett in Ussy. Aber – was hatte er eigentlich schreiben wollen?

Jeder Kontakt zu seinem eigenen Text war abgerissen, von draußen tönte die Tuba, aber er nahm sie gar nicht mehr wahr, sie hatte aufgehört ihn zu stören – wobei auch?

In ihm regte sich kein Widerstand mehr, diese

Grundbedingung allen Schreibens fehlte; er hätte an diesem Tag nicht einmal das Thema seiner Arbeit angeben können.

Das ist die Angst, redete er auf sich ein: Sie weiß nur von dem, was war, aber nichts von dem, was kommen wird.

(Kleine Terzen, Große Sexten, große Intervalle: Duodezimen!)

Das Beste war wohl, in dieser deprimierten Verfassung nichts von sich zu verlangen. Ausharren, das musste möglich sein.

In Ussy muss es sehr still gewesen sein

Im Spanischen Haus hatte man eine Pause eingelegt, die drei Tage währen sollte. Drei Tage, in denen er sich zu sammeln suchte, in denen er auf jenen Zettel starrte, auf dem das Wort HORVILLER mehrfach eingekreist worden war – aber sein Forschergeist war wie erloschen.

Am zweiten Tag las er in Becketts *Endspiel*, das half etwas: »Jetzt spiele ich«, sagte er mit Hamms Stimme, erst leise, dann lauter. Er hörte noch, wie seine Stimme im Raum verklang und wieder Stille herrschte. Tatsächlich: Stille konnte herrschen!

In Ussy muss es sehr still gewesen sein. Krapps Tonbandgerät wurde dort erfunden. War nicht Becketts Theater ein einziger Kampf gegen die Stille? War es das, was in Ussy stattfand?

Er zeichnete etwas: Beckett in der Stille vor einem weißen Blatt Papier sitzend. *Tacet* [es schweigt] schreibt er unter die Bleistiftzeichnung.

Den dritten Tag begann er mit Notizen: das Schweigen, das in ihm während der letzten Wo-

chen und Monate ausgebrochen war – er hielt
inne – dann fügte er in Druckbuchstaben hinzu,
AUCH DAS SCHRIFTLICHE SCHWEIGEN zeige nichts
anderes, als dass er Becketts Werk in aller Konsequenz gefolgt sei, es tief in sich aufgenommen habe. Es handele sich um jenes Schweigen,
schrieb er, gegen das auch Wladimir und Estragon allabendlich ankämpften, auf vielen Bühnen
der Welt. Es sei Becketts Schweigen, das sich in
seinem Zimmer ausbreite, gegen das keine Tuba
ankomme; auch seine Versuche, den toten Vater
wieder zum Leben zu erwecken, verfolgten womöglich nur den Zweck, dieses Schweigen, das
aus Ussy unentwegt zu ihm hinüberdringe, endlich zum Verstummen zu bringen.

Zweite Störung

Es erschien ihm als Linderung seines Leidens, als die Fensterläden des Spanischen Hauses wieder geöffnet wurden und mit den ersten ausgehaltenen Tönen wieder etwas wie Alltag in sein Essayisten-Leben einkehrte.

Wenn er Zwischenbilanz ziehen wollte – und die Zeit für eine Zwischenbilanz war gekommen –, so fühlte er sich in eine Geschichte gezwängt, die ohne Wendepunkt auszukommen schien: Die Tuba konnte tönen oder nicht tönen, sein Arbeitsergebnis blieb konstant.

Seine zweite Stimme machte ihn während der nun einsetzenden Binde-Übungen auf einen bisher unbemerkten Prozess aufmerksam: Er drohte im Dreiklang von Glockenspiel, Tuba und den Schüssen Horvillers zur komischen Figur zu geraten: So konnte er nicht arbeiten, schon gar nicht konnte er anders arbeiten! Was aber wollte er tun, jetzt, wo er sich bis zur Absurdität in die Thematik vorgetastet hatte?

Womöglich hatte er alles viel zu ernst genommen – seinen Vater, Beckett, Horviller, die Maulwürfe – und war nun auf bestem Weg zum

Komödianten. Vielleicht galt es schlicht, den Bedrängnissen heiter entgegenzutreten – war die Tuba nicht ein durch und durch heiteres Instrument? Man brauchte sich diesen Bass aus Messing-Blech bloß anzuschauen: die Dimensionen allein, die Haltung, die eine Tuba dem Spieler abnötigte! – so umklammerte ein Kind seine Großmutter, und das Mundstück erst, das einem Eierbecher glich! »Wer könnte glauben, mit den Tönen einer Tuba das Herz eines jungen Mädchens zu gewinnen?«, fragte Antolini einmal.

Es war ein groteskes Instrument und es durchdrang alles.

Die Herzen der jungen Mädchen aber waren eine Angelegenheit und das Ausleuchten des Fluchtpunktes Ussy im Werk des späteren Nobelpreisträgers eine andere. Und jetzt – zum ersten Mal seit vielen Wochen – nahm er einen großen Schreibbogen heraus und legte ihn vor sich. Er hatte eine Idee, und eine Idee zu haben, war in seiner Situation schon sehr viel, zeigte es doch, dass »sein Maschinchen«, wie er es nannte, wieder angesprungen war, dass er wieder zu denken, zu entwerfen, zu vergleichen begann, dass in der Trockenheit seines Arbeitszimmers die ersten Quellen wieder zu sprudeln begannen: In einem

Brief an Mary Hutchinson, zeitweilig Freundin des berühmten Henri Matisse, klagt Beckett am 2. Juli 1970, er werde »dauernd gestört – von außen und von innen.« Was war passiert?

Am Nachmittag des 23. Oktober 1969 – Beckett befindet sich mit Suzanne auf einer Erholungsreise südlich von Tunis – erreicht ihn ein Telegramm seines Verlegers: »*Chers Sam et Suzanne. Malgré tout ils t'ont donné le Prix Nobel – Je vous conseille de vous cacher. Je vous embrasse.*«

Suzanne Deschevaux-Dumesnil, wie Becketts Lebensgefährtin und spätere Ehefrau mit Mädchennamen hieß, hatte in den späten 40er-Jahren mit Becketts Manuskripten unterm Arm die Verlagsadressen von Paris abgeklappert. In Jérôme Lindon, von dem dieser Rat stammte und der schließlich stellvertretend für Beckett den Nobelpreis entgegennahm, gelang es ihr, den geeigneten Verleger zu finden, eine Tat, für die sich Beckett noch an ihrem Grab bedankte: »Ihr verdanke ich alles.«

Der Ruhm aber, der nach dem Welterfolg von *Warten auf Godot* einsetzte, war beiden stets suspekt gewesen. Beckett meinte, schreibt Knowlson, »dass seine ganzen Erfolge unweigerlich nur Unglück brächten. Sie vertieften die Kluft zwischen ihm und Suzanne, die sämtliche Begleiterscheinungen seines Ruhms abscheulich fand. Auch erschwerte sein Ruhm die Aufrechterhaltung der privaten Zurückgezogenheit, die ihm – von seinem Werk abgesehen – teurer als alles war.«

Es dauerte ein halbes Jahr, bis Beckett zum ersten Mal den Schlüssel seines Hauses in Ussy umdrehen konnte. In Paris hatte er nach viermonatigem Untertauchen einen riesigen Postberg abzuarbeiten gehabt, seine englischen und amerikanischen Verleger, auch Lindon selbst, flehten nach dem Nobelpreis um neue Manuskripte, und selbst in Ussy schwoll seine Post nun sintflutartig an.

Und während er all dies sorgfältig nachlas, gab es etwas Neues: Abwärtsintervalle, gestoßen und gebunden, und wie schon so oft, staunte er über den Tonumfang der Tuba, der vermutlich nur deshalb nie ins öffentliche Bewusstsein gedrungen war, weil das Instrument von so vielen Stümpern gespielt wurde, die an die Öffentlichkeit traten, ohne über die Jahre hinweg das tägliche Pensum absolviert zu haben.

ZWEITE STÖRUNG wählte er als Überschrift, und endlich begann er wieder zu schreiben, schilderte, wie Beckett in einem tunesischen Hotel, in dem er gar nicht wohnte, zu einem Fototermin für fünf

Minuten, ohne ein einziges Wort zu sprechen, vor die Presse trat: im Sportsacco, zigarrerauchend, mit kurzgeschorenen Haaren, dass man ihn bloß nicht wiedererkennen würde in Paris. Dieses Bild des frischgekürten Nobelpreisträgers würde um die Welt gehen, die Zigarre aber war schnell ausgedrückt, und Becketts Haar durfte wieder wachsen und seine alte Widerspenstigkeit entfalten.

Von Becketts neuem Ruhm kündend stürmte sein Füller geradezu über das Papier, für jeden erfahrenen Essayisten ein deutliches Signal innezuhalten. Warum so schnell, warum so leidenschaftlich?, war hier zu fragen. Und noch bevor die tägliche Arbeit an der Marcello-Sonate eingesetzt hatte, lag die Antwort bereit: Die Bewegung des Untertauchens hatte ihn fasziniert, sie war seiner aktuellen Lebensweise gar nicht so unähnlich, nur, dass hinter ihm nicht die Weltpresse her war, genauer gesagt: überhaupt niemand – so brauchte er sich wenigstens nicht die Haare scheren oder, in einem Lieferwagen verborgen, von einem Hotel ins andere bringen zu lassen.

Aber eine Betrachtung war es doch wert, wie ein Mensch, der jahrzehntelang geschrieben hatte, und erst nach einem fragwürdigen Presseartikel Aufmerksamkeit erfuhr, nun von Dutzenden von Journalisten in ganz Tunesien gesucht wurde, eines Fotos wegen!

Das *Allegro* der Marcello-Sonate setzte ein, die tunesischen Impressionen wichen, und er hörte seinen Vater sich mit diesem Allegro abquälen; das Allegro klang am Schlimmsten: Als Kind hatte er sich manchmal gefragt, warum sein Vater sich aus der Welt der Klänge ausgerechnet dieses hektische Geschabe und die verstimmt klingenden Kirchenglocken ausgewählt hatte.

Aus erwachsener Sicht musste er konstatieren, dass es sich bei seinem Vater entgegen allen Selbstinszenierungen wohl um keinen besonders musikalischen Menschen gehandelt haben dürfte. Warum dann aber täglich die Stufen der Hugenottenkirche hinauf, warum das viele Geld für die Cellosaiten, die Bogenhaare, das kostbare Instrument, wo es für die Familie manchmal nicht zum Jahresurlaub reichte?

Morgens Unterricht, nachmittags das Cellospiel, anschließend hinauf zu den Glocken, am Sonntag dann die Kirchenorgel: Weder war der Vater besonders musikalisch, noch war er fromm – er verbarg sich, mehr war es nicht. All seine Kunst diente ausschließlich dem Zweck, sein Schild aufhängen zu dürfen: *Nicht stören!*

Für den Sohn eines solchen Vaters war es von Bedeutung, ob man am Ende eines Stipendiums Ergebnisse vorweisen konnte oder ob man lediglich nicht gestört worden war.

Unter diesem Gesichtspunkt gewannen die Tuba-Proben etwas Entlastendes, er *war* ja gestört worden, täglich und gründlich. So viel musste man ihm zugestehen, wenn man einst über ihn richtete...

Er, der sich nie zur Geltung bringen durfte, wenn geübt wurde, war auch hier einem pausenlosen Geübe ausgesetzt, von dem nicht bekannt war, auf welchen Konzerttermin es ausgerichtet war, wann die Marcello-Sonate je erklingen würde, ohne dass einzelne Passagen wiederholt, Töne anders angestoßen wurden.

Aber lag nicht auch etwas Brüderliches in diesem gemeinsamen Arbeiten, am Beckett-Essay einerseits, an der Sonate andererseits, das er, der nie einen Bruder hatte, schätzen musste?

Eine Zusammenarbeit über Garten und Straße hinweg geriet ins Blickfeld: Wenn es ihm nur gelänge zu schreiben, während der Andere übte, wie es diesem gelang, Tuba zu spielen, während er schrieb!

Glenn Gould

Der Vormittag war weit fortgeschritten und drüben war es ruhig geworden. Die Fensterläden waren noch geöffnet, aber es wurden wohl schon die Noten verstaut, das Mundstück ausgespült, letztes Kondenswasser entfernt. Ob die Tuba nachts im Spanischen Haus blieb?

Er dachte an den kanadischen Pianisten Glenn Gould, der nachts zu üben pflegte, irgendwo in den kanadischen Bergen; ein Interpret, der früh darauf verzichtete, Konzerte zu geben, stattdessen nur noch Aufnahmen einspielte. Eine kleine Kirche, mitten in New York, hatte man ihm für diese Einspielungen hergerichtet, mit einem speziellen Steinway-Flügel, den nur ein einziger Klavier-Stimmer temperieren durfte...

In den kanadischen Bergen also wurden Einspielungen vorbereitet, wie sie klarer und zugleich emotionaler gar nicht denkbar zu sein schienen, zumindest, was das Werks Bachs betraf.

Er hatte in seinem Regal Aufnahmen der *Französischen*, der *Englischen Suiten*, über allem aber standen die beiden Einspielungen der *Goldberg-Variationen,* die am Anfang und am Ende von

Goulds Pianisten-Leben standen. Besonders die letzte Einspielung der Goldberg-Variationen verriet, was Musik sein konnte!

Mit Beckett einmal fertig, würde er sich jedenfalls mit Glenn Gould beschäftigen, vielleicht ergäben sich interessante Bezüge zwischen diesen so zurückgezogen gelebt habenden Künstlern...

War ein Beckett denkbar, überlegte er sich, der quer über alle Gassen seine Tuba blies, ein Glenn Gould, der mitten im Trubel eines werktäglichen Vormittags musikalische Versenkung suchte?

Er warf einen tadelnden Blick zum Spanischen Haus hin.

Je intensiver in den folgenden Wochen am *Allegro* gearbeitet wurde, desto deutlicher sah er ein zweites Ussy vor sich, ein Haus in den kanadischen Bergen, in dem noch Licht brannte. Noch öfter aber kam ihm das Geschabe aus Kassel in den Sinn, und er beobachtete sich dabei, wie er ein korrigiertes Kassel entwarf: ein Nachkriegs-Kassel ohne Glockenspiel! Auf das Geklimper seines Vaters konnten die Menschen, die an der Hugenottenkirche vorbeieilten, verzichten. Im Grunde war es für niemanden von Bedeutung, was sein Vater da intonierte, obwohl sein Instru-

ment um einiges teurer gewesen war als Goulds
New Yorker Flügel!

Man hatte das viele Geld ausgegeben, damit es
wie damals war, und hatte dabei vergessen, dass
es vor 1938 zwar Synagogen in Kassel gab, aber
kein Glockenspiel! In diesen »kulturellen Kos-
mos« also hatte sein Vater hineingespielt, und *er*
saß nun in seinem Schreibtischsessel und hielt
sich die Ohren zu!

Konzepte

Weil ich's will!, schrieb er am folgenden Morgen auf seinen weißen Bogen. Nachdem sich aber selbst nach den gebundenen Intervallen noch kein Folgesatz hinzugesellt hatte, versuchte er es pragmatischer: Vielleicht, so überlegte er, war es die Forderung der Stunde einzugestehen, dass unter den gegebenen Umständen an ein zügiges Verfassen der Beckett-Studie nicht zu denken war; andererseits war diesem Schreibort ein gesundes Reizklima nicht abzusprechen, denn, man mochte seine Vormittage bewerten, wie man wollte, leer waren sie jedenfalls nicht! Nie hatte er deutlicher die Rolle der Distanz im Rangieren des Künstlers zwischen Intimität und Öffentlichkeit gesehen: Da war ihm über das Beckett-Essay gebeugt Glenn Gould erschienen, und er hatte aus den kanadischen Bergen auf Ussy geblickt und den entscheidenden Unterschied zwischen Beckett und Gould einerseits, und seinem Vater und diesem Tubisten andererseits markieren können. Und vielleicht war es das, was vor Ablauf des Stipendiums hier noch möglich war: Verhältnisse zu skizzieren, Wege aufzuzeichnen, Konzepte zu entwerfen. Es war ihm, als sei er jetzt an einer Wendemarke angelangt, wo eine rezipierende, aufbereitende, aber in ihrem Grundcharakter wiederholende Arbeit umschlug in eine entdeckende, grundlegende Arbeit, die mit dem zuerkannten Stipendium womöglich noch unterbezahlt war.

Er sah jetzt deutlich den Wert des Nicht-schreiben-Könnens vor sich: Es war dieser Widerstand, an dem eine Arbeit reifen konnte! Wo dieser Widerstand nicht spürbar wurde, war der Boden für Trivialitäten aller Art bereitet. Der Welt fehlte es wahrhaft nicht an Schreibenden, es mangelte ihr an Nichtschreibenden, genauer gesagt an solchen, die ihren Platz am Schreibtisch behaupteten, gerade dann, wenn es nicht weiterging.

In Spanien, wie er das Haus mittlerweile nannte, arbeitete man wieder an jenem zeitgenössischen Duo, von dem wohl eine Hälfte fehlte.

Becketts halbes Leben war eine Schreibhemmung, und nirgends konnte sie sich besser entfalten als in Ussy – ob Beckett deswegen den Schreibort gewechselt hätte?

Kontrapunkt

Hanns Eisler, Schüler Schönbergs, Genosse Brechts, sagte einmal sinngemäß, dass er ohne die Basslinie zu kennen über die Qualität einer Melodie nichts aussagen könne. – Ob es die Erinnerung an Glenn Gould, ob es die Allgegenwart der Tuba war: Eislers Bemerkung brachte seine eben erst begonnene konzeptualistische Phase ins Wanken. Er verstand nämlich genau, worauf Eisler hinauswollte: Es kam auf den Raum an, der zwischen Melodie- und Basslinie sich öffnete, auf die Spannung, die in diesem Raum herrschte, auf die Modalitäten dieses Raums etc. etc.

Vor diesen Überlegungen erschien ihm das Gegensatzpaar – Schreibhemmung versus das Verfassen gelingender Texte – banal. Banal. Wenn dies das ganze Ergebnis war, verdiente es nicht, dass man sich – halböffentliche Gelder verzehrend – monatelang vor eine Tuba setzte.

Es musste ihm gelingen, die Melodielinie zu der Basslinie, die aus Spanien zu ihm hinüberdrang, zu bilden. Räume zu öffnen, Spannung herzustellen und neue Formen zu erkunden, konnte in dieser Situation nicht das Werk eines Einzelnen sein:

Er war die fehlende Stimme in diesem Duo – nur dass diese fehlende Stimme keine Bläserstimme war, sondern eine unvernommene Stimme, die, er räusperte sich, vielleicht schon ein ganzes Leben darauf wartete, vernommen zu werden, um neue Räume eröffnen zu können. Eine Stimme, die sich weigerte, Trompeten- oder Tuba-Klang anzunehmen, eine Stimme, die auf ihrer Eigenart bestand, bestehen musste, und zu dieser Eigenart gehörte – das war seit Kindertagen so –, ungehört zu sein. Das Unbemerktbleiben hatte sich in seinem Leben zur großen Konstante entwickelt, und die Gegenbewegung waren seine Bemerkungen geworden, seine *Bemerkungskunst*, wie er sie manchmal nannte, die hier, das sah er deutlich, über eine Grenze getrieben zu werden drohte.

II

Erstes Zusammenspiel

Wenn einmal alles Kunst geworden sein wird, denkt er, wird man verstehen können, warum ich hier sitzen bleibe. Sicherlich, ein morgendlicher Spaziergang täte gut jetzt, sicherlich, das Gehen ist die gesündeste und vielfach bewährte Fortbewegungsart für den geistig arbeitenden Menschen, und fortbewegen, das wollte er sich ja, nichts wünschte er sich sehnlicher als das – aber wer sich an dieser Stelle nicht vorsah, konnte in weniger als hundert Metern entscheidende Fehler begehen!

Er sah zum Spanischen Haus hinüber. Es wäre ein Leichtes gewesen, diese Straße wie absichtslos entlangzuschlendern, um Näheres über dessen innere Gegebenheiten zu erfahren, jetzt, wo die Fensterläden geöffnet waren. Es wäre ein Leichtes gewesen, zwischen den ausgehaltenen Naturtönen und den Binde-Übungen den Klingelknopf zu betätigen, um sich kurz und höflich vorzustellen, Nachbar, der man war. Vielleicht erwiesen sich kleine, zielgerichtete Vereinbarungen als unproblematisch, *warum denn, warum denn, hätten Sie mir doch nur ein Wort gesagt!*

Aber bald wäre das Getuschel losgegangen: *Nicht stören! Er schreibt.* Und es hätte wie Gelächter geklungen – nein, das war keine Möglichkeit, es war eine Falle, um die es einen großen Bogen zu machen galt. Gerade, weil das Haus von Bedeutung war, gerade weil das allmorgendliche Tuba-Spiel seine schriftstellerische Existenz gefährdete, galt es dieses Geheimnis nicht zu lüften, es hatte ein Geheimnis zu bleiben. Das hieß Widerstand zu leisten in einer Gesellschaft, in der alles ins Rampenlicht gezerrt, zerkommuniziert, zermailt, zertelefoniert und aus den Angeln seiner Herkunft gerissen wurde, bis es ein einziges Gefasel und Gequatsche war, das seinen Gegenstand nicht mal mehr erinnerte!

Das Spanische Haus hatte sein Geheimnis zu bewahren, und lieber blieb er hier an seinem Schreibtisch sitzen und bewegte sich nicht, als einen Schritt zu nah an dieses Haus zu treten, und während er dies dachte, war er zum Fenster gegangen. Die Tuba spielte etwas Neues: den cantus firmus aus *Wachet auf, ruft uns die Stimme,* den sein Vater immer mit dem Orgelpedal gespielt hatte.

Lange Pausen durchzogen die Tuba-Sequenzen, und innerlich sang er jene Orgelstimmen des

Chorals, die manualiter gespielt wurden, sang sie noch über den Bass hinweg, wenn der – stets an der richtigen Stelle – einsetzte. Es war das erste Mal, dass sie tatsächlich zusammenspielten: Das Geheimnis wirkte.

In den vergangenen Jahrhunderten, im Zuge von Aufklärung und Säkularisierung war das Gefühl dafür, welches Geheimnis weiterzubestehen hatte und welches gelüftet werden musste, verlorengegangen. Dem Knaben noch galt die Kirche als der universale Geheimnisträger. Er sah sich in seiner Holzbank sitzen und auf die goldenen Türen des Tabernakels starren, während der Kaplan predigte oder sein Vater auf der Orgelempore den Bach'schen *Wachet auf*-Choral intonierte: Das Geheimnis schien sich hinter diesen goldenen Türen zu befinden.

In Wirklichkeit waren es bessere Backoblaten, die in diesem Tabernakel aufbewahrt wurden, um bald knieenden Kindern auf die Zunge gelegt werden zu können. Ob Beckett, der einer protestantischen Familie im katholischen Dublin entstammte, diesen Geschmack je kennengelernt hatte? Jedenfalls hatte er vom Fremdsein gekostet und wollte bald mehr davon. Die Erlösung von der Erlösung.

Aufmachen

Einmal war er mit dem Vater zu einem Geigenbauer gefahren, der das Landolfi-Cello »aufma-
chen« würde.

Fast eine Stunde hatten sie beim Geigenbauer
verbracht, und während der Vater mit dem Mann
über Bassbalken und Deckenrisse sprach, hatte er
sich die vielen Klingen angesehen, mit denen der
Mann arbeitete, »Spezialstahl, extrem scharf«,
rief ihm der Geigenbauer über die Schulter des Vaters hinweg zu, und er lauschte dem Leim, der auf
einer kleinen Herdplatte im Wasserbad gurgelte,
»Knochenleim«, und dann durfte er dem Mann
endlich die Hand geben und sich verabschieden,
während das Landolfi-Cello dazubleiben hatte.

Sie waren schon unterwegs zum Parkplatz, als
vom Glockenturm die volle Stunde geschlagen
wurde, und der Vater mit dem Finger auf ein höl-
zernes Türchen wies, aus dem eine Figur mit lan-
gem, schwarzen Mantel trat.

Und was kam von drüben?
Gar nichts?

In der ungewohnten Stille gelangen ihm tatsächlich ein paar Zeilen zum Thema und damit sie ihm nicht zerrönnen, fuhr er den Computer hoch, um sie eilig einzugeben – eine achtel Seite, mehr wurde es nicht.

Nur nicht weitschweifig werden, wenn man über Beckett schrieb, sonst war bereits die Form falsch! Er schaute ungläubig, aber feierlich auf seine sechs Zeilen, bis sich unversehens der Bildschirmschoner einschaltete, Bilder von der Oberfläche des Saturns zeigend, schöne Bilder aus den Weiten des Weltalls, das plötzlich so greifbar schien, als sich unter das Spiel der Planeten und der Sterne, hinter denen er sicher und geschützt seine sechs Zeilen verborgen wusste, eine unbekannte Melodie mischte, die, kaum hatte er sie bewusst vernommen, von den üblichen Einblas-Übungen abgelöst wurde.

Gelegentlich träumt er von der Tuba, nie von Becketts Haus

Diese Nacht hatte er die Tuba sanft in seine Arme genommen und seinen Mund vorsichtig an ihr Mundstück geführt, um erschrocken wieder zurückzuweichen, so kalt und nass fühlte es sich an: ein angefeuchteter Eierbecher aus Metall, mehr war es nicht.

Diese abwehrende Haltung aber, das fühlte er deutlich, als die morgendlichen Etüden einsetzten, musste überwunden werden: Eine feminine, aufnehmende Haltung galt es einzunehmen, dessen wurde er sich nun Vormittag für Vormittag sicherer.

Wurde hier nicht die Basslinie zu *seinem* Werk gespielt? Eine Basslinie, die, wo sie nicht konstituierend war, jedenfalls die Eigenart eines Essays ausmachen konnte, die Tönung, die seinen Beitrag von allen anderen fundamental unterschied? Wenn es jetzt noch so schien, als wäre er neben diesem Monstrum von Instrument kaum wahrzunehmen, war es doch nicht unvorstellbar, dass künftige Generationen von Beckett-Forschern dies völlig anders sahen, dass also die Tuba-Stimme allmählich in Vergessenheit geraten und allenfalls noch unbewusst wahrgenommen werden konnte, indem man das – dann abgeschlossene – Essay BECKETT IN USSY las.

Pralltriller

Alles Durchstreichen denkt er am nächsten Morgen beim Blick auf die sechs ausgedruckten Zeilen und geht mit fettem Stift zweimal quer durch das Gedruckte, als wolle er alles Spätere gleich mitaustilgen.

Auch wenn das Typoskript – wie schon oft – kein gültiges Wort mehr aufwies, schien die Talsohle seiner Schreibstörung längst nicht erreicht. Noch war das letzte Wort nicht geschwiegen, dachte er und erinnerte sich, wie er als Junge anhand eines Zahlenstrahls die negativen Zahlen imaginierte. Unter den Nullpunkt zu kommen, weniger als nichts zu markieren, das brauchte damals nur ein Lineal und einen Bleistift. Beim Schreiben lagen die Dinge schwieriger: Einem negativen Zahlenstrahl war so leicht kein negativer Wörterstrahl an die Seite zu stellen, auch wenn die Idee etwas Faszinierendes hatte. Hinter das Schweigen zu kommen, das hieß, den Zenit einer Schreibhemmung zu erreichen, und vielleicht lag auf dieser Ebene das Geheimnis seiner Affinität zu Becketts Texten, und während er dies dachte und drüben Passagen geübt wurden, an denen ein Tubist offenbar leicht hängen blieb, zogen Fragmente seines Mathematik-Unterrichts an ihm vorüber: ganze Zahlen, rationale Zahlen, komplexe Zahlen. Und mit lustvollem Schaudern überlegte er, ob die Dimensionen einer Schreibhemmung wohl je zu erfassen waren.

Die Sforzato-Übungen, die zur Mittagsstunde durch die Fensterscheiben drangen, stießen auf einen Menschen, der im Banne dieser neuen Überlegungen jene Aufnahmebereitschaft an den Tag zu legen versuchte, die er – vielleicht nicht ganz zutreffend – als feminin bezeichnet hatte, wohl, weil ihm ein kulturkritischer Terminus fehlte.

Gemeint war, dass in einer Gesellschaft, in der allzeit das Passende, Gefällige, unmittelbar Überzeugende gesucht wurde, das Störende möglicherweise die entscheidende Veränderung einleiten konnte.

Er öffnete das Fenster und versuchte sich wieder auf Beckett zu konzentrieren. Eine Stelle aus *Das letzte Band* fiel ihm ein und schnell hatte er das kleine Suhrkamp-Bändchen aufgeschlagen. Krapp hört da ein altes Tonband an, um es an der entscheidenden Stelle hastig vorzuspulen. Die Tonbandstimme Krapps:

»...dass das Dunkel, mit dem ich immer ge-
kämpft hatte, in Wirklichkeit mein Bestes –
Krapp flucht, schaltet ab, wickelt das Band weiter und
schaltet wieder an«

Die Problemstellung war vergleichbar – mit einem Unterschied: Ein Tonbandgerät ließ sich im
Gegensatz zu dieser Tuba nach Bedarf ein- und
ausschalten!

Hier nun werden die Umstände interessant, notiert
er auf ein Schmierpapier, *die dazu führen, dass sich*
Beckett sein Häuschen in Ussy-sur-Marne baut, einem
Ort, für den sich zunächst nicht viele Argumente anfüh-
ren lassen, außer, dass er Ruhe verspricht und nicht allzu
weit von Paris entfernt liegt ...
  1948, also fünf Jahre vor dem Bau des Hauses,
hatten Beckett und Suzanne Ussy und das Marnetal für sich entdeckt. Arm, fast mittellos, mieteten
sie für die Sommermonate ein kleines primitives
Häuschen, die Maison Barbier:

»Am Fuße des kleinen Gartens, der zum Haus gehörte«, schreibt Knowlson, »verlief die vielbefah-
rene Eisenbahnlinie Paris – Straßburg. Unterhaltungen wurden daher ständig vom Geratter der

vorbeirasenden Züge unterbrochen [. . .] Beckett jedoch, der Freund der Stille und der Einsamkeit, verfügte auch über eine außerordentliche Konzentrationsfähigkeit, die dort auf eine harte Probe gestellt war. Wichtig war eben, daß das Haus billig war. So kehrten sie noch mehrere Jahre lang trotz des unzuträglichen Ambientes dorthin zurück. In diesen Ferienmonaten geschah es, daß Beckett das Marnetal ins Herz schloß. Und das Dorf Ussy-sur-Marne assoziierte er hinfort, wie es scheint, mit besonderem Schaffensglück.«

Schaffensglück. Er lachte. Durch das offene Fenster drangen Triller-Übungen eines Instrumentes, das vielleicht zehn Kilo wog . . .

Er schob das Fenster auf und zu, ohne es zu verschließen, beurteilte die Klangqualität verschiedener Öffnungswinkel, wie Pianisten es mit der Abdeckung eines Steinway-Flügels taten. Ein weit geöffnetes Fenster eignete sich vielleicht für eine Arbeit über Robert Walser; aber Beckett war nicht Walser: Fenster bei Beckett waren die Fenster des *Endspiels,* Becketts Fenster waren verrammelt, Beckett-Figuren hatten sich eingebunkert in einem kargen Rest. Das galt es klar zu sehen, wenn man über Ussy schrieb.

Er schloss das Fenster. Im Spanischen Haus feilte man am Pralltriller – unentwegt: *restless*.

Die schwarzen Tasten, die
weißen Tasten und das Telefon

Glenn Gould arbeitete nachts – und würde die Tuba jetzt mal eine viertel Stunde pausieren, fiele es ihm wahrscheinlich nicht schwer, sich den Pianisten vor seinem weit geöffneten Flügel sitzend vorzustellen, sich in eine *Englische* oder *Französische Suite* hineinarbeitend, schwebend, rasend, von Zeit zu Zeit hymnisch mitsingend, und niemand, niemand würde ihn jetzt stören: weil es Nacht war, und weil Glenn Gould sich zurückgezogen hatte in die kanadischen Berge und jeder wusste, was das zu bedeuten hatte. Aber wenn Gould – etwa nach dem Studium der *Goldberg-Variation Nr. 25* – einem Kenner demonstrieren wollte, welche Ähnlichkeiten Bach und beispielsweise Schönberg aufwiesen, rief er ihn an, weckte ihn aus seinem Nachtschlaf und begann – höchstes Interesse voraussetzend – mit seinen Darlegungen.

So etwas lernte man vielleicht als Sohn eines anderen Vaters, *er* war diesbezüglich in völliger Defensive aufgewachsen: Nicht stören! – Als hätte die Schaffensruhe seines Vaters je ein Ergebnis hervorgebracht, das auch nur als minimaler Eingriff in die regionale Kulturentwicklung hätte gelten können. Schweigen wir also davon, schnaubte er verächtlich.

Die Tuba war unbemerkt verklungen. Auch Glenn Gould war nicht mehr zu hören.

Pianissimo

Er liest jetzt viel über die Tuba: Die Tuba sei aufgrund ihrer konischen Bohrung ein Horninstrument, kein Trompeteninstrument wie etwa die Posaune.

Im 19. Jahrhundert war sie entwickelt worden, um im großen romantischen Orchester ihren Platz zu finden. Im 20. Jahrhundert verliert sie bereits wieder an Bedeutung. Weil aber Paul Hindemith Sonaten für (fast) alle Orchesterinstrumente schrieb, bedachte er auch die Tuba, und vermutlich gibt es seit diesen Tagen kein Tuba-Studium ohne dieses Werk.

So war es wohl nur eine Frage der Zeit, wann diese Sonate auch in seinem Arbeitszimmer so gut zu vernehmen sein würde wie die Pralltriller, die Marcello-Sonate oder jene Sforzato-Übungen, bei denen unerfahrene Essayisten noch jedes Mal zusammenzuckten.

Das Verfassen eines Beckett-Essays ohne das Spiel einer Tuba erscheint ihm mittlerweile undenkbar. Es wäre wie die Maison Barbier ohne Eisenbahnlinie, wie Becketts Garten ohne Maulwürfe,

Becketts Garage ohne die Erinnerung an Horviller.

In den vergangenen Wochen war ihm deutlicher geworden, welche Grundbewegung das Aufnehmen des Unpassenden meinte. Es galt Legato-Bögen zu ziehen von den Etüden des Tages zur eigenen Kindheit und der Gesellschaft, die *ihn* so unpassend vorgefunden hatte; denn eines wurde immer deutlicher: Das Unpassende – das war er selbst.

Er dachte an seinen Vater, zu dem er so selten vordringen, den er so wenig »stören« durfte.

Ein seelischer Tubist, eine ungehörte Tuba, das war er dabei geworden, und wenn ihn niemand wahrnahm, lag es vielleicht auch daran, dass er im Laufe der vielen Jahre nahezu unhörbar geworden war.

Ein *Pianissimo* freilich, wie es jetzt von ihm ausging, von seiner ganzen Person, beherrschte nicht jeder, und sicherlich war eine Tuba für solch stille, fast nur erinnerte Töne nicht das prädestinierte Instrument; aber kam es bei solch schwierigen Stellen nicht ganz und gar auf den Spieler an?

Er sah hinüber zum Spanischen Haus.

Dichterliebe

Im Februar 1967 kauft sich Beckett ein kleines Klavier – er leidet wieder an Schreibhemmungen. Haydn spielt er, Schubert. An grauem Star erkrankt, kann er die Noten nur mühsam entziffern.

In einem Brief an seinen irischen Freund, Tom MacGreevy, erinnert er sich an die ersten Jahre in Ussy, als Suzanne aus Paris Schallplatten in das neu erbaute Landhaus brachte. Schumanns *Dichterliebe* (nach Texten von Heinrich Heine) hörten sie oft; auf Wunsch von Suzanne besonders oft die Lieder

Ich grolle nicht
Ich hab im Traum geweinet

Wie Beckett die Maulwürfe vergiftete

Ein weiterer Morgen beginnt, an dem er sein Arbeitswerkzeug zurechtrückt, Papier, Tinte.

Ein Pianissimo ist kein Verschwinden und ein Nicht-wahrgenommen-Werden kein Unsichtbar-Sein. Heute ist er entgegen aller Gewohnheit zu früh aufgestanden.

Also – was fangen wir mit dieser gewonnenen Stunde an: »Beckett und die Musik?« »Beckett und die Pianisten«, die Romantiker vielleicht?

Er versucht es mit einer mutwillig gesetzten Überschrift WIE BECKETT DIE MAULWÜRFE VERGIFTETE – aber hier versagt die Überlieferung.

Als er die glücklich gewonnene Stunde damit zugebracht hatte, im *Knowlson* die Maulwurfs-Episode wiederzufinden, war der Vorsprung, den er gegenüber den morgendlichen Übungen besaß, aufgebraucht, sodass er sich nach kurzem Aufbäumen wieder im gewohnten *Pianissimo* einrichtete, von dem aus auch an diesem Tag kein Fortschreiten mehr möglich war.

Etwas Hingehauchtes

Es geht jetzt schneller, denkt er. Nicht die Lage, sondern das Tempo hat sich verändert: das Tempo, in dem das Nichtfortschreiten fortschreitet.

Etwas kondensierte an diesen Vormittagen; kondensieren war vielleicht nicht das richtige Wort – das richtige Wort, die richtige Formulierung gab es in der Musik, wenn man etwa die extrem kurzen Stücke Anton von Weberns hörte: hier ein kaum vernehmbarer Ton, dort ein leise hingehauchter. So etwas ging auf der Tuba nicht. Vielleicht sollte er kein Beckett-Essay schreiben, sondern einige minimalistische Kompositionen für Tuba solo!

DREI UTOPIEN FÜR BASS-TUBA
Universal-Edition, Wien

Er sah schon den Umschlag des Notenheftes vor sich. Utopien, weil es sich um unspielbare Musik handeln würde – zu leise für das schwere Instrument. »Die Musik ist da, wo du sie *nicht* vermutest, ist das, was du *nicht* erzeugen kannst«, würde sie dem Spieler bedeuten, und in der Konsequenz war das nichts anderes als eine Revolutionierung der Tuba-Literatur, der veröffentlichten Musik überhaupt.

Der Utilitarismus hatte auch die Musik seit Jahrhunderten geformt, und seine Herrschaft war mittlerweile so ausgeprägt, dass man sich ein Leben abseits dieser Überzeugung nicht mehr vorstellen konnte, so wenig, wie man sich einst eine Welt ohne Gott vorstellen mochte.

Unspielbare Musik komponieren – er überlegte. Wenn solche Kompositionen Gegenstand der Spanischen Bemühungen gegenüber würden, gäbe es durchaus die Möglichkeit, das Beckett-Essay in der verbleibenden Zeit zumindest provisorisch zu skizzieren.

Ohnehin war zu fragen, ob der Gedanke, ein ausformuliertes, abgeschlossenes, mehrere zwanzig Seiten umfassendes Beckett-Traktat verfassen zu wollen, in dieser Radikalität nicht falsch war, ob ein derartiges Format überhaupt noch als zeitgemäß gelten konnte oder ob zum *Pianissimo,* das in seinem Leben die dominierende Lautstärke geworden war, nicht eher die Skizze, das Flüchtige und bald schon Verwehte passte.

Ein Mundstück aus New York

Es war Herbst geworden, und der Herbst gehörte Hindemith. Im Zuge seiner Tuba-Forschungen vernachlässigte er zunehmend seine Beckett-Studien, soweit es hier noch etwas zu vernachlässigen gab. Hatte er sich vor wenigen Wochen noch als Komponist unspielbarer Tuba-Sequenzen ins innere Gespräch gebracht, so hielt er es seit gestern offenbar für möglich, auch als Interpret solch neuartiger Musik in Frage zu kommen, und wie zum Beweis dieser Möglichkeit hatte er in einer auf Blasinstrumente spezialisierten Musikalienhandlung ein Tuba-Mundstück erworben, das Beste, das vorrätig war, wie ihm der Verkäufer gleich mehrfach versichert hatte. Es war versilbert, konnte von jedem Juwelier der Stadt bei Bedarf vergoldet werden, und passte nach Auffassung des Musikalienhändlers, von außen beurteilt, gut zu Kieferstellung und Lippenstärke, was aber letztlich der Spieler selbst beurteilen müsse. Er habe Spieler kennengelernt, die ihr ganzes Leben das geeignete Mundstück gesucht und nicht gefunden hätten, und andere, die bei ihm, hier, in diesem Geschäft, das Mundstück fürs Leben gefunden hätten und ihm seitdem in tiefer Dankbarkeit verbunden wären; es gäbe aber auch Schicksale wie das des berühmten Albert Mangelsdorff, der eine amerikanische Spezialanfertigung, von der es keine Kopie gab, mitsamt Posaune gestohlen bekommen hatte, das Instrument noch gleichwertig ersetzen konnte, spätere Mundstücke aber durchweg als mangelhaft empfand.

Er hielt das neuerworbene Stück gegen die Schreibtischlampe: GIARDINELLI · NEW YORK war auf der Außenseite in die Versilberung eingeschlagen worden und eine Zeile tiefer: 3 D. Die 3 stand für den Durchmesser des Mundstücks, recht groß, aber bei seiner Unterlippe nach Ansicht des Verkäufers sicherlich vonnöten, D stand für die Kesseltiefe: »Deep« – ein Mundstück für Fortgeschrittene hatte der Verkäufer mit fragendem Blick zu Bedenken gegeben. »Fortgeschritten«, hatte er genickt, und *pianissimo* hinzugefügt: »sehr fortgeschritten.«

Für die Musik, die *er* zu spielen dachte, brauchte man kein vollständiges Instrument, das sicher viele tausend Euro verschlang, sondern nur dieses Mundstück, das er sich vielleicht einmal vergolden lassen würde. Er blies ein zartes *Pianissimo,* ein fast tonloses Rauschen war es – und als ob ihm von drüben jemand antwortete, klang es leise durch das Fenster:

Er sah hinüber zum Spanischen Haus, hielt in einer mehrtaktigen Pause sein Mundstück an die Lippen, und blies – zart, fast lautlos. Als Echo erhielt er eine weitere Hindemith-Passage.

Allerdings antwortete die Tuba auch, wenn er nicht in das Mundstück blies.

Ich grolle nicht: Er legte das Mundstück in die Füller-Schale und versuchte an Suzanne und Beckett zu denken, wie sie einträchtig den Schubert-Liedern lauschen.

Indem er sich völlig auf die Tuba konzentriert, nähert er sich Beckett

»Kann man einen Mund auf die Bühne bringen? Nur einen sich bewegenden Mund mit dem Rest der Bühne im Dunkel?«, hatte Beckett beim Skizzieren seines Stückes *Nicht ich* die Theaterwisssenschaftlerin Ruby Cohn gefragt.

Er blickt auf seine Füller-Schale und nimmt das Mundstück heraus.

Beckett hatte ein Stück nur für den Mund eines Menschen geschrieben. Und *er* hielt hier das passende Mundstück in den Fingern!

Sollte es, überlegte er am Abend, weder mit seinen Tuba-Kompositionen noch mit dem Beckett-Essay etwas werden, ließe sich anhand dieser Erkenntnisse immerhin noch eine Art Bewegungslehre für Essayisten formulieren, *Umweg und Wahrheit* würde sie heißen.

Er griff nach dem Bleistift.

Neben dem noch vage anmutenden Versuch, unspielbare Musik für Tuba oder zumindest Teile einer Tuba zu entwerfen, war er gerade dabei, eine Tradition ungeschriebener Beckett-Essays ins Leben zu rufen. Und dennoch gab es auch im Leben eines radikalen Erneuerers, der er halb war, halb einmal werden würde, eine Kategorie, an der kein Künstler, kein Kulturanalytiker je vorbeikam: das Werk. Am Ende aller Bemühungen, Erfahrungen, Überlegungen hatte ein Werk zu stehen, das überprüfbar war, fragil vielleicht, fragmentiert womöglich, sich entziehend gar, aber – vorhanden!

Ohne dieses Werk war man ein Illusionist.

Er dachte an seinen Vater und schluckte. Ohne dieses Werk war man – impotent, »*Nicht ich*«, das hieß: im schöpferischen Sinne *nicht vorhanden*.

Es war eben nicht getan mit der ständigen Auflösung aller geltenden Sinnbezüge, mit der Fragmentierung alles Störenden, bis von einer früheren, vielleicht fundamentalen Störung, nur noch Staub, abstrahierte Partikel übrig blieben. Es hatte auch im marginalisiertesten Werkteil eine Störung noch ihren dominanten Wesenszug aufzuweisen, nämlich zu stören und als Störung erkennbar, spürbar zu sein.

Er blies etwas Luft in den Schaft des Tuba-Mundstückes. Allen Ernstes: *Das* störte niemanden.

III

Tacet für Samuel Beckett

Fortissimo! Und jetzt ging es schnell!

Er wollte schreiben und hörte doch immer nur zu. Viele Vormittage waren vergangen, und er hatte immer nur zugehört. Er war die kleine Wendeltreppe hinuntergegangen, die ins Souterrain führte, hatte den Füller aufgeschraubt und zugehört, wie aus einem Notentext allmählich eine Tuba-Sonate geformt wurde, bei der freilich die Klavierstimme fehlte.

Einmal hatte er die Idee gehabt (und gleich wieder als unfinanzierbar verworfen), sich selbst ein Klavier zu kaufen, um es ungeöffnet in seinem Arbeitszimmer stehen zu lassen; ein Klavier der Marke *Schimmel*, wie sich Beckett eines gegönnt hatte.

Am Ende eines solchen Vormittags war die Feder zumeist eingetrocknet, eine Gelegenheit war vertan und würde nicht wiederkehren. Und obwohl er sein Essay BECKETT IN USSY noch gar nicht auf den Weg gebracht hatte, wuchs, war er ehrlich, in ihm das drängende Gefühl, es bald abschließen zu müssen: Er war so weit.

Je mehr die Tuba-Stimme an Form gewann, Gestalt annahm, desto hörbarer wurde das fehlende Klavier: Den Fragen fehlte die Antwort, auf notwendige musikalische Überleitungen schien verzichtet worden zu sein; eine unverwechselbare, gelegentlich virtuose Existenz stand schroff, unvermittelt und als Einzelstimme vielleicht auch unvermittelbar im Raum.

Er ertappte sich von Zeit zu Zeit beim Hineinbrummen in die Pausen der Tuba-Stimme, sicher spürend, dass hier etwas fehlte: ein Gefühl, von dem auch Hindemith getragen worden sein dürfte, als er 1955 diese Sonate verfasste.

Je mehr die Tuba-Stimme an Form gewann, desto deutlicher wurde zweitens, dass auch er hier bald fehlen würde, und die Tuba-Proben damit vermutlich ihren einzigen fachkundigen Hörer verloren: Sein Stipendium würde in Kürze ablaufen, für eine prinzipiell mögliche Verlängerung hätte er lügen müssen, und im Institut legte man ihm womöglich bereits die ersten unerledigten Anfragen auf den Schreibtisch. An jenem Ort, an den er so gar keine Erwartungen zu knüpfen vermochte, wartete man vielleicht schon ungeduldig auf ihn. Das Beckett-Essay, das war seines – und selbst an den Stellen, an denen es nicht zur Niederschrift gekommen war, an allen Stellen also, war es *sein* Essay geblieben, und also *war* es.

Der Musikalienhändler staunte nicht schlecht, als dieser merkwürdige Kunde so kurz nach Erwerb des teuren Mundstücks ein derart schwieriges Werk verlangte, aber – bitte sehr – Hindemiths Sonate war vorrätig, und was heute noch nicht klappte, konnte, etwas verlangsamt, mit ein wenig Fleiß immerhin einmal versucht werden.

Die folgenden Vormittage bestanden daraus, dass er mit den Fingern die passenden Stellen der Klavierstimme abfuhr, um – ohne die einzelnen Notenwerte innerlich hören zu können – ein Gefühl für die rhythmische Gestaltung, für das In- und Auseinanderstreben der beiden Instrumentalstimmen zu gewinnen. Die linke Hand der Klavierstimme war über weite Strecken der Partitur im Violinschlüssel notiert. Während die Tuba im $\frac{6}{4}$-Takt voranschritt, maß die Klavierstimme zwei Halbe, ein vereinzelter Pausentakt war von Hindemith gar mit »$^{5-6}\!/_8$« ausgemessen. Spielte die Tuba im $\frac{5}{4}$-Takt, zählte das Klavier $\frac{7}{8}$, dies alles auf einer Doppelseite. Die Länge der Sonate war präzis definiert worden: $11\frac{1}{2}$ Minuten hatte sie zu klingen, keine elf, keine zwölf.

Wieviele Seiten wohl ein Essay umfasst, dessen Vortrag $11\frac{1}{2}$ Minuten währt?

Vielleicht würde es ihm in diesen letzten Tagen doch noch gelingen, wenigstens einige Seiten zu verfassen – und wenn es nur für sieben Minuten langte!

Sieben Minuten für Samuel Beckett – nein, jetzt hatte er den Titel:

EIN TACET FÜR SAMUEL BECKETT

…und auf dem Schutzumschlag wäre sein Tuba-Mundstück zu sehen!

Tacet, Schweigen, mehr nicht.

Ein Tacet in zwei Sätzen: ein langsamer Satz DIE MAULWÜRFE (Les taupes d'Ussy) und ein fast stehender Schlusssatz: DER VERLASSENE SCHREIBTISCH.

Er schlug mit der flachen Hand auf die Tischplatte: Das war nicht nur ein Essay, das war ein Beckett-Essay, das bot nicht nur Freiheit, das war Freiheit!

Und wenn es nicht viel war, so war es doch etwas, und was sollte man über Beckett noch schreiben? Gab es noch etwas, worüber die Sekundärliteratur keine Auskunft geben konnte? – Aber ein Schweigen, das eine Form, eine Gliederung aufwies, ein Schweigen, das zwischen Buchdeckel passte, das einen Titel trug und damit zitierfähig war, das war neu, das passte: weil es verstörte! Und – darüber wollte er aber noch gründlich nachdenken – es enthielt womöglich mehr Wahrheit über BECKETT IN USSY als die inspirierteste Wortkaskade hätte bieten können.

Er schwankte, als er die Wendeltreppe hinaufstieg.

IV

Abstraktion und Geschichte

Vielleicht sollte er den weißen Seiten einige Fußnoten hinzufügen, dachte er am folgenden Morgen, ein Nachwort vielleicht: So viel Zeit gab es noch, so viel Zeit musste noch übrig sein. Ein Nachwort über das Schöpferische und das Störende, ein Nachwort, das skizzenhaft, vielleicht auch nur schemenhaft über Beckett in Ussy hinausging, das also geeignet war, ihm wie Anderen den Weg zu weisen für eine umfassendere, grundlegendere Kulturkritik, als er sie unter diesen Bedingungen zu formulieren verstand.

Die Arbeit an der Hindemith-Sonate wurde an diesem Morgen nicht fortgesetzt, stattdessen gab es eine Mixtur aus Binde- und Staccato-, Triller- und Sforzato-Übungen, und er bemerkte mit Befriedigung, dass er beim Sforzato nicht mehr zusammenzuckte, bei keinem Sforzato.

Nach einer Pause gab es ausgehaltene Töne.

Im Institut würde all dies nicht mehr zu hören sein, und die Frage war angebracht, ob er überhaupt noch in der Lage sein werde, sich ohne Tuba auf ein institutionelles Tagwerk ausrichten zu können, denn, das bemerkte er staunend, es häuften sich die Momente, in denen er es geradezu genoss, wenn die Tonkaskaden der Tuba in die ganz tiefe Lage rauschten, und die Tuba das tat, wozu sie geschaffen worden war.

Vielleicht hatte er am Anfang seiner Beckett-Studie den Fehler gemacht, zu abwehrend auf die Tuba-Übungen im Spanischen Haus zu reagieren. Es hätte die Möglichkeit gegeben, in der Störung die Musik auszumachen, in der Mühe, die man sich im Spanischen Haus gab, die eigene Mühe gespiegelt zu sehen, *mit* der Tuba zu schreiben statt gegen sie zu schweigen. Aber hätte er dann dieses Ergebnis erzielt?

Ein Nachwort war vielleicht nicht schlecht: Wie eine Kapitelüberschrift dem Schweigen einen oberen Rand, einen Anfang bot, so würde ein Nachwort den unteren Rand, einen Abschluss bieten.

Drei Tage hatte er noch. Was würde es geben: Bach? Marcello? Hindemith?

Sein Nachwort könnte um jenen Moment kreisen, da Horviller Beckett die Jagdhütte als Garage für den 2CV überlässt. Die Jagdhütte ist also

– endlich – entwaffnet, Störungen sind nicht mehr zu erwarten. Ein Teil des Konflikts wird somit gegenstandslos, ohne freilich aus der Welt zu sein.

Und hier notiert er schon die Überschrift seines Nachwortes: ABSTRAKTION UND GESCHICHTE. Nun spürt er, was er zu schreiben hat.

Er wird beginnen mit der Entstehungsgeschichte von *Warten auf Godot*, wie sie von Valentin Temkine erforscht und von François Rastier überliefert wurde: Beckett war, nachdem seine Résistance-Zelle von einem Vikar verraten worden war, mit Suzanne über viele Umwege in die »freie Zone«, in das Bergdorf Roussillon d'Apt geflüchtet, er ist einer unter vielen Flüchtlingen, die von den Bewohnern Roussillons »die Juden« genannt werden, da viele von ihnen Juden sind, so auch Becketts Freund, der Maler Henri Hayden, mit dem Beckett zeitlebens verbunden bleiben wird. Rastier berichtet:

»Als wenig später die Wehrmacht mit ihrer ›Aktion Attila‹ beginnt und die freie Zone besetzt, kommt es immer häufiger zu Razzien. Beckett und Hayden müssen sich mehrfach in den umliegenden Wäldern verstecken. Dort entsteht die Idee zu einem Stück mit dem Titel *En attendent*. Godot wird erst später kommen. Hayden, der in den Entwürfen zunächst den Namen Lévy trägt, wird [. . .] zum Modell für Estragon.«

Becketts englischen Verleger, John Calder, erinnert Wladimir »ziemlich offensichtlich an Beckett selber, an dessen Person und Charakter, auch an dessen Überzeugungen«.

Dem clownesken Paar Wladimir und Estragon liegen also massive, höchst persönliche Bedrohungserfahrungen zugrunde.

Die Frage heißt also: Warum filtert Beckett aus einer solch »spannenden Geschichte« um Verrat, Flucht, Bedrohung, Angst und schließliche Befreiung jenes groteske, zuweilen belanglos anmutende Spiel Wladimirs und Estragons heraus?

Auf diese Frage wird zu antworten sein!, notiert er und sieht zum Spanischen Haus hinüber.

Auf diese Frage wird zu antworten sein!, liest er am folgenden Morgen. Aber wer sollte sie beantworten? Zukünftige Essayisten? Er?

Es konnte wohl kein Zweifel daran bestehen, dass ein Nachwort im Verhältnis zu dem bisher Gewonnenen nicht zu voluminös ausfallen durfte, alles über zwei, drei Seiten Hinausgehende sprengte unweigerlich die Form, verlieh dem Nachwort ein Gewicht, das die Schwerpunktfunktion der beiden Hauptkapitel bedrohte. Er musste hier vorsichtig sein, dass nicht der Wunsch zu schreiben, sich in einer substantiellen Weise wenigstens zwei Tage lang gegen die Tuba zu behaupten, alle mühsam austarierten Balancen seines Werkes aus der Schwebe brachte; zwei, drei Seiten über Sinn und Wesen der Abstraktion: Das war hier möglich und zugleich genug.

Er sah zum Spanischen Haus hinüber, dessen Läden so fest verschlossen waren wie jene Türen, die sich zu dem winzigen Stehbalkon hin öffneten, der die maurisch anmutende Fassade zierte.

Zwei, drei Seiten, dann hätte sein Werk die angemessene Form gefunden und sein Stipendium eine Abrundung erfahren, die es ihm ermöglichte, seinen Förderern erhobenen Hauptes begegnen zu können. Und während er den Titel seines geplanten Nachwortes zur feierlichen Eröffnung seines vorletzten Arbeitstages auf das weiße Blatt schrieb, fiel ihm auf, dass hinter dem Wunsch, diesen Arbeitsraum erhobenen Hauptes verlassen zu können, eine Scham verborgen lag, die er erst jetzt und nur schattenhaft wahrnahm: Du darfst nicht schweigen, sagte diese Scham, du musst etwas sagen und dabei genau sein. Du darfst nicht gehen, ohne es gesagt zu haben: Das Schattenhafte, die Abstraktion gestatte dir, nicht aber das Schweigen.

Indem er sich nun ganz auf den Zusammenhang von Scham und Abstraktion konzentrierte, verlor er wie Wladimir und Estragon bald jegliches Zeitgefühl: Nicht einmal die wohlbekannte Struktur einer Tuba-Probe vermochte ihm die Uhrzeit zu entbieten. Längst waren alle Einblas-Übungen verklungen, als er zögernd begann:

Musik ist zweifellos die abstrakteste aller Künste, und niemand vermag aus Bachs »Goldberg-Variationen« die Trauer über den Tod seines Sohnes Bernhard herauszuhören. Bachs tiefe Irritation über den Tod selbst, über das Unrettbare der menschlichen Existenz ist deutlich wahrnehmbar. Wenn Samuel Beckett also ...

Weiter! »Weiter jetzt!«, hätte er sich zurufen sollen, aber er rief nicht, er dachte an den toten Sohn, von dem er am gestrigen Abend bei Anna Enquist gelesen hatte: Man kannte Friedemann, Carl Philipp Emanuel Bach und einige andere, aber Bernhard Bach?

Ein abstrahierter Sohn war es, der da in den *Goldberg-Variationen* erklang, schrieb er schließlich in sein Notizbuch, und weiter kam er nicht: Zu dominant wurde das Übungs-Programm, die

Tuba-Grammatik, die im Spanischen Haus heute auf dem Programm stand.

Einige Zeilen waren ihm immerhin gelungen, einige Zeilen, auf die er an seinem letzten Arbeitstag würde aufbauen können, das Konzept war schließlich so gut wie fertig: Einen Bogen galt es zu schlagen von Roussillon d'Apt zur Schlüsselübergabe durch Horviller; dann hatte er es spät, aber nicht *zu* spät doch zu etwas Druckbarem gebracht, und alle Auslassungen, die der Text barg, die er Vormittag für Vormittag gesammelt hatte, würden die Einzigartigkeit dieser Studie ausmachen.

Noch einmal nahm er das Tuba-Mundstück in die Hand – legte es aber bald entschlossen beiseite und ging nach oben.

V

Ein Blickwechsel

Der letzte Tag seines Stipendiums war angebrochen. Sorgfältig rasiert ließ er sich in seinen Arbeitssessel fallen; zweierlei hatte er sich vorgenommen: das Essay an diesem Vormittag abzuschließen und möglichst viel von der Arbeitsatmosphäre in sich aufzunehmen, in der es verfasst worden war, denn so wie viele Leser wissen, an welchem Ort sie ein besonderes Werk gelesen haben, bleibt das Werk eines Essayisten immer mit dem Raum verbunden, in dem es entstanden ist.

Er las den Text, den er am Vortag verfasst hatte: *Wenn Samuel Beckett also* – der Satz hörte unvermittelt auf. Er schrieb weiter: Wenn Samuel Beckett also *nach der Erfahrung der deutschen Barbarei, nach seinen irischen und englischen Erfahrungen, im Besitz solcher Werke wie »Warten auf Godot« sich in Ussy niederlässt, hegt er uneingestandenerweise den Wunsch* – drüben hatte die Tuba-Probe begonnen – uneingestandenerweise den Wunsch . . .

Er hielt inne. Es war so leicht, einem anderen Menschen die eigenen Wünsche unterzuschieben, ihn zu missbrauchen als Spielfigur in Szenarien, die ganz und gar für einen selbst geschaffen waren, und während er noch überlegte, welche uneingestandenen Wünsche die eigenen und welche wohl jene Becketts waren, hatte man drüben schon die Einblas-Übungen absolviert und ging zum morgendlichen Spiel über.

Ein sehr langsam gespieltes Stück, das er auswendig kannte: Eine Sarabande aus den Cellosuiten.

Leise summte er mit.

Das hatte sein Vater schon gespielt, bevor ihm das Landolfi-Cello gehörte; alle Cellisten spielten es.

Die schnellen Sätze der Cellosuiten waren für seinen Vater stets eine Überforderung auf allen Ebenen gewesen, aber ein solch langsames Stück, wie es eine Bach'sche Sarabande darstellt, das klang hin und wieder: Das menschliche Ohr hatte die Gabe, unsauber intonierte Intervalle zurechtzuhören, die Erinnerung hatte das (zweifelhafte) Geschick, zurückliegende Ereignisse zu idealisieren, sodass sich an seinem letzten Arbeitstag unter die Tuba-Stimme und sein wortloses Summen – ohne zu stören – die Cello-Stimme seines toten Vaters mischte ...

Ein Trio für Tuba, Cello und Essayisten.

Das Nachwort!, ermahnte er sich, das Nachwort über Abstraktion und Geschichte, über das Störende und das Schöpferische – er war stehengeblieben bei den uneingestandenen Wünschen, bei denen er sich eine Reihe von Tonfolgen lang nicht sicher gewesen war, ob es seine oder jene Becketts waren, die beim Blick auf die Felder von Meaux zu neuem Leben erwachten.

Zu neuem Leben erwachen, dachte er, während die Sarabande aus der fünften Cellosuite vorwärtsschritt, und das Cellogeräusch beschämt hinter die sauber intonierende Tuba zurücktrat, um sie schließlich ganz allein zu lassen; zu neuem Leben erwachen, dachte er, während auch dieser Vormittag verging, ohne freilich schon ganz vergangen zu sein.

Er sah sich in seinem Arbeitszimmer um und atmete tief ein – an Eigenem fehlte es hier nicht: die Bücher, die Stifte, das Papier: Die ganze Arbeitsatmosphäre unterschied sich völlig von jener, die in der Kajüte unter der Kirchenkuppel oder – schlimmer noch – in dem miefigen Räumchen herrschte, das den Cellostunden diente.

Hier aber ließ sich atmen, dachte er, und öffnete, als wolle er diesen Gedanken unterstreichen, das Fenster, sodass ihm nicht entging, wie im Spanischen Haus ein Mann auf jenen kleinen Balkon heraustrat, um mit großem weißen Tuch sein silbernes Mundstück abzutrocknen, das er prüfend in die Sonne hielt, bevor er, als wäre ihm eine Veränderung aufgefallen, forschend zu *ihm* hinübersah.

Quellennachweise

James Knowlson
Samuel Beckett. Eine Biographie
Aus dem Englischen von Martin Held
Suhrkamp Verlag, Frankfurt am Main 2001

Pierre Temkine u.a.
Warten auf Godot. Das Absurde und die
Geschichte
Herausgegeben von Denis Thouard und
Tim Trzaskalik
Aus dem Französischen von Tim Trzaskalik
Matthes & Seitz Verlag, Berlin 2008

André Bernold
Becketts Freundschaft
1979 – 1989
Mit Fotografien von John Minihan
Aus dem Französischen von Ulrich Krafft
Berenberg Verlag, Berlin 2006

Anna Enquist
Kontrapunkt. Roman
Aus dem Niederländischen von Hanni Ehlers
Luchterhand Verlag, München 2008

Paul Hindemith
Sonate für Basstuba und Klavier (1955)
Schott Verlag, Mainz 1957

Benedetto Marcello
Sechs Sonaten für Violoncello und Cembalo
Peters Verlag, Frankfurt am Main 1958

Johann Sebastian Bach
Sechs Suiten für Violoncello solo
Bärenreiter Verlag, Kassel 1950

Rainer Wieczorek, *Zweite Stimme, Künstlernovelle*
144 S. gebunden, € 16,80, SFr. 29,50
ISBN 978-3-937717-39-5

»Baumeister begegnet einem ungewöhnlichen Künstler: Der zieht Wolken auf Flaschen, belauscht die Landschaft, hört das Gras wachsen, und alles wird dokumentiert. Fasziniert von einer Kunst, die selbstbestimmte Arbeit ist, richtet der ehemalige Schriftsetzer Baumeister dem Künstler ein Archiv auf seinem Hof ein. Es gelingt ihm, sein Leben neu zu gestalten. Am Ende geht er als Archivar sogar über die Radikalität des Künstlers hinaus.
Eine sprachlich wie thematisch bestechende Novelle über die Kunst und das Leben.«
BETTINA HESSE, WDR5

»Mich hat diese Novelle beim ersten und zweiten Lesen federleicht gemacht und sie ist für mich die schönste Entdeckung dieses Bücherherbstes. Man darf sich auf die angekündigten beiden Folgestücke freuen, die das Ganze zu einer Trilogie abrunden werden.«
JOCHEN SCHIMMANG, DIE TAGESZEITUNG

Rainer Wieczorek
im
Dittrich Verlag

Der Intendant kommt

Auf der Suche nach wegweisenden Theaterkonzep-
tionen der Gegenwart stößt ein Professor der Thea-
terwissenschaften auf das Werk Joachim Schoors.
Die wissenschaftliche Dokumentation und damit die
Analyse des Œuvres erweisen sich als nicht ganz unproblematisch, da Schoor seine Theaterstücke nicht
für die Aufführung vor einem Publikum konzipierte,
sondern nachts spielen ließ, wenn das Publikum gegangen war, und nur noch der Nachtportier in seiner
Pförtnerloge wachte …

Erscheinungstermin: März 2011